Paul Scheerbart wurde am 1. Januar 1863 in Danzig geboren, er starb am 15. Oktober 1915 in Berlin.

Anselm Rüst schreibt 1919 in den *Neuen Blättern für Kunst und Dichtung* über Paul Scheerbart: »Auch dieser Zarathustra kannte vom ersten Tag an nichts als: Licht und Finsternis. Schon ›Rakkóx der Billionär‹, der mit seinen Billionen den Erdball allmählich in einen glänzenden Architekturpalast verwandeln möchte, muß an einem Kriege, dem er vergebens durch Vermischung aller Rassen ›vorbeugen‹ will, elend zugrunde gehen.«

›Rakkóx der Billionär‹ erschien im Jahre 1900 im Insel Verlag. Wie Jules Verne wird auch Paul Scheerbart als ein Utopist der Technik bezeichnet. Der Germanist Karl Riha charakterisiert Paul Scheerbart in einem Aufsatz wie folgt: »Neue, ganz neue Bilder. Das ist nach Scheerbart der schmale Saumpfad, auf dem es möglich sein müßte, die fatale Kette ›Erde‹ – ›verhauenes Kunstwerk‹ – ›Disharmonie‹ zu sprengen, um damit dem ›neuen Menschen‹, so oft im späteren Expressionismus lauthals und pathetisch gefordert, auf die Beine zu helfen. Das ganze gigantische Unternehmen des Dichters zielt dahin, eine neue weltgestaltende Phantasie zu ›entbinden‹.«

insel taschenbuch 196

Paul Scheerbart

Rakkóx der Billionär

PAUL SCHEERBART

RAKKÓX DER BILLIONÄR

EIN PROTZENROMAN

UND ›DIE WILDE JAGD‹

EIN ENTWICKLUNGSROMAN IN

ACHT ANDEREN GESCHICHTEN

MIT VIER ILLUSTRATIONEN

VON FELIX VALOTTON

BUCHSCHMUCK VON HENRI JOSSOT

MIT EINEM NACHWORT

VON FRANZ ROTTENSTEINER

INSEL VERLAG

insel taschenbuch 196
Erste Auflage 1976
 Vertrieb durch den Suhrkamp Taschenbuch Verlag. Umschlag nach Entwürfen von Willy Fleckhaus.
Satz: Gutfreund, Darmstadt. Druck: Ebner, Ulm
Printed in Germany

RAKKÓX
DER BILLIONÄR

EIN PROTZENROMAN

FV

VERGNÜGT, WIE EIN ECHTER POTENTAT, LEBTE Rakkóx, ein mehrfacher Billionär, in den Großstädten Asiens und Europas und vergeudete natürlich sein Geld in Zentnersäcken – er hatte es ja dazu.
Der große Mann schwärmte natürlich für alles Grandiose und für martialische Unternehmungen – er hatte es ja dazu. Er belächelte diejenigen, die seine Passionen teilten, trotzdem sie's nicht dazu hatten.
Um aber seine größeren kompakten Pläne realisieren zu können, sah er sich genötigt, zunächst auf Vergrößerung seiner Machtmittel bedacht zu sein.
Und so ward seine Phantasie allmählich eine militaristische Phantasie. Er wollte selbstverständlich seine Pläne nicht allein ausarbeiten – auch seine militaristischen nicht. Und so telegraphierte er denn an den Direktor seiner Erfindungsabteilung, in der zweihundert abgefeimte Genies beschäftigt waren: »Schnell neues Militär erfinden – mit Gebrauchsanweisung. Rakkóx.« Der Direktor der Erfindungsabteilung verlas das Telegramm seinen Untergebenen. Es entstand ein allgemeines Halloh, und nach vierundzwanzigstündiger Geistesarbeit lag der folgende geniale Plan Rakkóxen zu Füßen:
Das neue Militär.
»Es war vorauszusehen, daß einem vorgeschrittenen Militarismus das Menschenmaterial bei Fruktifizierung kriegerischer Ideen nicht auf die Dauer genügen könnte. Und so ist die Herstellung eines »neuen Militärs« allge-

mach zum tiefgefühlten Bedürfnis geworden. Der Mensch ist als Soldat zu schwächlich und zu rücksichtsvoll. Der Automat ist als Soldat zu kostspielig und nicht imstande, sich rechtzeitig zurückzuziehen. Somit bleibt bei Herstellung eines »neuen Militärs« nur die Tierwelt zu berücksichtigen übrig. In der Tierwelt finden wir unzählige Lebewesen, die weder schwächlich noch rücksichtsvoll sind, auch nicht zu kostspielig genannt werden dürfen, da ihnen grade der Hunger erfahrungsgemäß die allergrößte Rücksichtslosigkeit verleiht; außerdem haben sämtliche Tiere die genügende Intelligenz, sich rechtzeitig zurückzuziehen.

Unsere Aufgabe ist daher, Tierregimenter zu schaffen. Nur durch gut organisierte Tierregimenter kann dem alt gewordenen Militarismus unsrer Zeit neue Lebenskraft eingeflößt werden.

Die Unterzeichneten empfehlen nun in erster Reihe Heranziehung der größeren Tiersorten. Die Dressur der vierfüßigen Dickhäuter bereitet bekanntlich keine nennenswerten Schwierigkeiten. Und auch die Dressur der Walrosse und Seelöwen wird den großen Tierbändigern unsrer Zeit ein Leichtes sein. Die Walrosse und Seelöwen sind mit umfangreichen kugelsicheren Kork-Panzer-Hemden auszurüsten, und künstliche Riesenflossen aus Aluminium und Stahl müssen die natürliche Flossenkraft ganz gewaltig heben; mit solchen Kunstflossen läßt sich jedes Meer mit Leichtigkeit orkanartig aufregen.

Die meisten Tiere können die Waffen – auch die Schießwaffen und Geschütze – auf dem Kopfe wie einen Hörnerschmuck tragen. Dem Offizierskorps der Tierregimenter dürfen natürlich nur erprobte Tierbändiger angehören. Die Ausarbeitung der Ideen über die beste Art

der Verwertung tierischer Gliedmaßen ist selbstverständlich Spezialaufgabe des Generalstabes. Die Rüssel der Elefanten können z. B. zu Schleudermaschinen ausgebildet werden; die Löwen wären am wirksamsten zusammengekoppelt zu gebrauchen.
Sehr interessant wird sich die Uniformfrage gestalten; sie läßt sich hier nur nicht so kurz abtun. Jedenfalls wird über die beste Uniformierung der Auerochsen, Giraffen und Kamele innerhalb drei Tagen eine besondere Broschüre erscheinen; allen Anforderungen der militaristischen Tradition soll nach besten Kräften Rechnung getragen werden.
Man kann fernerhin nicht bestreiten, daß sich viele Vögel sehr wohl zu Heereszwecken eignen. Die Krähenvölker ließen sich leicht mit Zyankalispritzen bewaffnen, und die Adler, Eulen und Störche könnten abgerichtet werden, kleine Dynamitbomben im richtigen Momente fallen zu lassen.
Über feingegliederte Schlauchbomben, die nur mit Pestbazillen gefüllt werden sollen, schreibt das Obergenie Schmoller-Käsebauch ein zweibändiges wissenschaftliches Werk.
Was über die methodische Züchtung von Ungeziefer zu Kriegszwecken zu sagen ist, findet...« Hier sank dem Billionär der Plan aus der Hand und fiel ihm tatsächlich zu Füßen. »Merkwürdig!« murmelte der dicke Herr und erhob sich.
»Mein Personal glaubt wohl«, fuhr er stehend fort, »es sei nichts leichter, als sich über mich lustig zu machen. Merkwürdig! Weil ich mich über alles lustig mache, will man mir das heimzahlen. Personal!«
Und er bückt sich und hebt das Manuskript noch einmal

auf, blättert in den hinteren Pergamentseiten und findet dort ein Kapitel, das sich »über die Verwendung der Heringe beim submaritimen Kriege« eingehend ausspricht.
Oho! Er liest das Kapitel nicht, aber interessieren tuts ihn mächtig; submaritime Angelegenheiten sind ihm allzeit lieb und teuer gewesen.
Nach längerem Nachdenken telegraphiert der allmächtige Billionär an den Direktor der Erfindungsabteilung: »Schnell kurzen Artikel über die Endziele der submaritimen Kriegstechnik abfassen. Aber ernst! Das Große soll nicht bloß für die Narren sein. Rakkóx.«
Der Nabob begibt sich in seinen Höllensaal, allwo er gewöhnlich zu frühstücken pflegt. Der Höllensaal ist mit feuerrotem Tropfstein erbaut, die Wände sind zu symmetrisch verteilten Grottennischen ausgebildet. Der ganze Saal ist, obgleich die Formen des Tropfsteins so blieben, wie sie waren, mit fanatischer Symmetrie gearbeitet. Vor jeder Nische steht eine goldene Urne, in der schwarze Tulpen blühen. Selbst die Anzahl und die Formen der Tulpen sind symmetrisch angeordnet. In der Mitte steht der Frühstückstisch, über dem eine riesige tausendkantige Smaragdampel brennt. In den feuerroten Tropfsteingrotten brennen viele elektrische Flammen – wirksam versteckt. Auf dem weißen Tischtuch schieben sich die grünen und roten Lichtkegel über- und untereinander. In den goldenen Urnen gleißt es gleichfalls grün und rot.
Rakkóx ist kaum beim elften Gericht angelangt, da stört ihn ein dumpfer Glockenton – und herein stürmt ein weißgekleideter Diener, legt sanft ein neues Pergament-Manuskript auf den Frühstückstisch und eilt laut-

los über den karminroten Teppichpelz, der den Fußboden des ganzen Saales bedeckt, wieder hinaus.
Vor dem Billionär liegt der Artikel »über die Endziele der submaritimen Kriegstechnik«, geschrieben von Schultze dem Siebenten, einem berühmten Obergenie. Der erste Teil der Geschichte beginnt also:
Eine erlösende Idee.
»Geliebte Brüder! Teure Schwestern! Werteste Verwandte, Bekannte und Unbekannte! Schon oft erhob ich mein Haupt, Euch was Vernünftiges mitzuteilen – aber dieses Mal will ich Euch eine erlösende Idee verkünden – darum spitzet die Ohren wie kluge Mäuse! Ihr wisset, daß wir anitzo Schiffe bauen, die in die Tiefe des Meeres steigen können wie die Flundern; die submaritimen Flotten sind die besten Flotten unsrer Zeit. Welches aber sind die Endziele der submaritimen Kriegstechnik? Habt Ihr darüber schon nachgedacht? Glaubt Ihr vielleicht, es könne dem submaritimen Militarismus nur darauf ankommen, den Haifischen der Südsee den Anblick submaritimer Schlachten zu verschaffen? Oh nein! Laßt Euch nichts weismachen! Ein wahrhaft moderner Militarismus – der waschechte ist gemeint! – will als Erstes und Letztes immer nur die Befestigung und Stärkung der Nationen und Staaten. Das steht bombenfest.
Welches sind nun die Nationen und Staaten, die von der submaritimen Kriegstechnik Befestigung und Stärkung erwarten dürfen? Hm – die Nationen und Staaten, die sich immer noch auf den leider allzutrocknen Festländern der Erde vorfinden, haben die submaritime Kriegstechnik nicht so nötig. Was fragen die nach der? Alles Submaritime ist für die Oberflächenpolitik doch nur eine dekorative Begleiterscheinung der Meeresoberflächenflotte.

Indessen – jetzt kommt es! Für die Nationen und Staaten, die den Mut haben – lies leis'! – in den kolossalen märchenweiten weltfreien Tiefen des Ozeans unter dem Wasser sich anzusiedeln – für diese Nationen und Staaten hätten die submaritimen Flotten eine größere Bedeutung – eine Existenz begründende Bedeutung! Versteht Ihr mich schon? Alsdann würdet Ihr einsehen, daß die Endziele der submaritimen Kriegstechnik auf nicht mehr und nicht weniger als auf die Begründung und Erhaltung submaritimer Nationen und Staaten hinauslaufen. Das ist die erlösende Idee, die Schultze der Siebente Euch verkündet.

Die herrlichste Perspektive eröffnet sich dem glückseligen Erdbewohner – die Größe der Erde wird durch die Endziele der submaritimen Kriegstechnik für die Menschheit einfach verdreifacht!

Die lokale Entwässerung des Meerbodens und die Befestigung der unter den Wassermassen des Ozeans zu erbauenden Riesengewölbe wird für die genialen Baumeister unsrer Zeit so leicht wie ein Kinderspiel sein.

Edler Erdenbürger! Bedenke, daß sämtliche submaritimen Länder Normaltemperaturen empfangen können, daß dort also »Zugluft« und »Hausbau« unbekannt bleiben werden. Die Wohnungsmiete wird zur Chimäre. Hausbesitzer und Schnupfen gibts nicht mehr.

Daß die Existenz der submaritimen Weltreiche eine Erlösung für die Menschheit bedeutet, muß ja wohl ohne weiteres selbst einem Kalbskopf einleuchten. Entschuldigt, daß ich lache und so was sage. Aber ich kann mir das leisten. Alle idealen Staatsideen lassen sich ja dort unten so leicht realisieren – der aristokratische Idealstaat wie der demokratische Idealstaat – Staaten mit automatischer, wie solche mit parlamentarischer, cäsaristischer, karnevalistischer oder anarchistischer Regierung – auch solche ohne jede Regierung. Alle überflüssigen harmoniezerstörenden Lebewesen können diesen submaritimen Weltreichen ohne jede Anstrengung ferngehalten werden. Das oben auf den trockenen Festländern so lästige Ungeziefer läßt...«

Bei dem Worte »Ungeziefer« sinkt dem großen Nabob wiederum das Manuskript aus der Hand und fällt dabei unter den Tisch.

»Merkwürdig!« tönt es wieder von Rakkóxens Lippen. Dann aber ißt der große Mann ruhig weiter. Nach der Mahlzeit telegraphiert er an den Direktor seiner Erfindungsabteilung: »Schultze VII. ist ein altes Rhinozeros, bin für seine Pläne leider zu arm. Der Kerl ist ein oberfauler Kopp. Bin mit Ihren Genies und Obergenies sehr unzufrieden. Ihr Personal ist bald für den Jahrmarkt reif. Rakkóx.«

An den Direktor seiner kaufmännischen Abteilung, in der fünfzehnhundert verkrachte Gründer beschäftigt sind, telegraphiert der Billionär: »Schnell zehntausend submaritime Torpedoboote bauen lassen – aber beste Konstruktion. Rakkóx.« Danach ruht er in seinem Perlmutterzimmer von seiner Arbeit aus.

Auf den weißen Eisbärfellen, die den ganzen Fußboden bedecken, spielen gelbliche und grünliche Lichtbüschel, die oben durch die Glaskuppel hineinkamen. Die Glaskuppel ist so bunt wie ein alter Krötenbauch, und viele weiße Pelzhaare werden zu Rakkóxens Füßen auch so bunt. An den welligen Wänden, die aus tausend Perlmutterbuckeln bestehen, glitzert's; mitten auf jedem Buckel sitzt ein kleiner hellblauer Saphir.

Rakkóx liegt auf seinem weißen Sammetdiwan und schlummert. Ein kurzer kompakter Herr mit dickem Kopf. Kurz ist der graue Bart, kurz ist das graue Haupthaar. Die weißen Augenbrauen sind so buschig wie die Eisbärfelle. Die breite Brust hebt sich und senkt sich wie eine feste Maschine. Der lose perlgraue Anzug hängt schlaff und unordentlich an dem kurzen dicken Körper. Die Glaskuppel macht jetzt auch den losen perlgrauen Anzug krötenbunt.

Währenddem schnauzt der Direktor der rakkóxischen Erfindungsabteilung sein Obergenie Schultze VII. mächtig an. Und der Siebente wird wütend wie ein spanischer Stier. Beim Donner der großen Worte verkriechen sich des Direktors Möpse hinter die Aktenregale.

Nachdem Rakkóx sich ausgeschlafen hat, wird ihm ein junger Erfinder namens Kasimir Stummel gemeldet. »Empfangssaal!« flüstert der Billionär. Und Stummel wird in den Empfangssaal geführt. Der ist natürlich köstlicher als alle Harems des Kaisers von China. Feinste Emailwände – durchsichtiges Email! – rot – grün – blau – glitzernd wie spielende Fische im Sonnenschein – Geschmeide von feinsten Goldornamenten dazwischen. Und dann Teppiche – gearbeitet mit dem Mikroskop – Millionen geheimnisvoller Zeichen! – so bestrickend komponiert, daß aller Blütenschnee der Welt gar nichts dagegen ist. Dünne Glassäulen, die die zartesten Farbenwürfel in sich haben – beim Vorbeigehen kaleidoskopartig wirkend. Sessel aus geschnitztem Elfenbein mit weicher Seidenweberei. Stachlige graue Korallenvasen, die beinah bis zur Decke reichen – jede der tausend Stachelspitzen ein kleiner blitzender Smaragd. Achattische mit Chrysolithschnitzerei – in allen möglichen For-

men. Das Ganze so im Halbdunkel – nur erleuchtet von Fenstern aus Rubinglas, die unregelmäßig in verschiedenen Formaten an den Seiten und an der gewölbten Decke verteilt sind. Stummel staunt doch ein wenig, obgleich ihm die Decke nicht genügend gegliedert erscheint.
»Guten Tag, Herr Stummel!« sagt Rakkóx, wie er durch die schnell geöffneten Pfauenfedertüren schreitet, reicht dem Stummel die Hand und bittet ihn freundlich, auf einem Elfenbeinsessel Platz zu nehmen. Kennen tut er den Herrn noch nicht.
Stummel sammelt sich, stammelt erst seinen herzlichsten Dank für die Audienz und beginnt in fließendem Deutsch: »Herr Rakkóx, seit Jahren habe ich die Tätigkeit Ihrer Erfindungsabteilung mit regem Interesse verfolgt und bin denn doch erstaunt gewesen, daß soviel überflüssige Ideen Ihnen zur Ausführung anempfohlen wurden. Die täglichen Berichte der Presse haben mich allmählich gereizt. Wenn ich Sie richtig verstanden habe, liegt Ihnen nur daran, solche Ideen auszuführen, die eine wesentliche Förderung der Kultur im Auge haben und gleichzeitig auf größere Dimensionen berechnet sind.«
Hier unterbricht Rakkóx den jungen Mann und bemerkt folgendes: »Das letztere von den Dimensionen ist ganz gut. Aber reden Sie bloß nicht von Kultur, das sieht so philanthropisch aus. Ich bin aber kein Philanthrop, dazu ist die Menschenmasse nicht zart genug mit mir umgegangen. Man hat mich immer ausgelacht und hat geglaubt, mir damit einen Gefallen zu tun. O, für die Menschen bin ich nicht begeistert, lassen Sie mich bloß mit der Kultur zufrieden. Neue Einrichtungen, die für die Menschen einen notwendigen Entwicklungsfaktor bilden, brechen sich auch ohne mein Zutun Bahn. Ich hätte

mich ja für Verbesserung der menschlichen Wohnungsverhältnisse begeistern können – aber glauben Sie, man würde mir dabei irgendwie entgegenkommen? Lächerlich! Für die meisten Menschen ist ein Schweinestall als Aufenthaltsort so was Natürliches. Doch fahren Sie ruhig fort – ich höre sehr aufmerksam zu.«

Und Stummel fährt unbeirrt fort: »Die Fürsten der Erde haben jederzeit ihre Existenz durch Kolossalbauten dokumentiert. Es muß daher auch in Ihrem Interesse liegen, Kolossalwerke mit architektonischem Charakter zu schaffen. Die früheren Fürsten der Erde waren zu arm, um in größerem Stile zu arbeiten. Ihr Reichtum aber, Herr Rakkóx, gestattet Ihnen, das Grandiose – ja das Abenteuerliche und Märchenhafte – aufs Korn zu nehmen. Wenn man in größeren Dimensionen bauen will, empfiehlt es sich, die daseiende Natur derart zu benutzen, daß es schließlich so aussieht, als hätte man die ursprünglich daseiende Natur ebenfalls mitgeschaffen. Die Stilisierung größerer Felspartien hat anerkanntermaßen für den Architekten einen höheren Wert als das Aufführen usueller Wandgebäude, die zu den Terrainverhältnissen einen Kontrast bilden sollen. Wie wär's nun, wenn Sie, Herr Rakkóx, geneigt sein möchten, nicht bloß einzelne Partien eines Felsens – sondern versuchsweise mal einen ganzen Felsen von oben bis unten in ein architektonisches Kunstwerk zu verwandeln? Das wäre was wahrhaft Großes und würde die kommenden Geschlechter anspornen, im Laufe der nächsten Jahrtausende die gesamte Oberfläche des ganzen Erdballs in ein großes kompaktes architektonisches Kunstwerk umzuwandeln. Das letztere ist natürlich nur als Scherz zu betrachten. Indessen ich hörte, daß Sie auch den Humor in den großen Unter-

nehmungen nicht mit gar zu bösen Blicken zu betrachten pflegen.« Kasimir Stummel hielt inne und lächelte.
Rakkóx lächelte ebenfalls, dachte an die submaritimen Staaten seines Obergenies Schultze VII. und hatte plötzlich das Gefühl, daß dieser Kasimir Stummel vernünftiger vorging als alle seine angestellten Genies und Obergenies. Der Kerl imponierte dem Nabob. »Der architektonische Ausbau eines Felsens kann unter Ihrer Leitung in Angriff genommen werden.« Also lautete Rakkóxens kurze Antwort.
Stummeln traten dicke Freudentränen in beide Augen. Der energische Billionär telegraphierte sogleich an den Direktor seiner kaufmännischen Abteilung: »Schnell kleines Gebirge möglichst mit Gletscher zu Bauzwecken ankaufen. Konferieren Sie mit Herrn Kasimir Stummel. Rakkóx.« Nachdem der Diener das Telegramm notiert hatte, stand der gewaltigste Mann der Erde so ruhig auf, als wäre nichts geschehen, schüttelte Stummeln beide Hände und ging rasch mit fliegenden Rockschößen ab durch die Pfauenfedertüren.
Doch eine Stunde später telegraphierte er wieder an den Direktor seiner Erfindungsabteilung – und zwar das folgende schwerwiegende Telegramm: »Kündigen Sie sofort den zweihundert Genies und Obergenies ihre Stellungen. Sie selbst sind ebenfalls mit dem ablaufenden Quartal entlassen. Übergeben Sie Ihr Amt umgehend Herrn Kasimir Stummel. Rakkóx.« Dem Rakkóx kam der Stummel so sympathisch vor.

DER DIREKTOR DER RAKKÓXISCHEN ERFINdungsabteilung fiel bei Empfang des schwerwiegenden Telegramms unter seinen Schreibtisch. Und das Personal der Abteilung wurde beinahe wahnsinnig; drei Obergenies mußten wegen gefährlicher Tobsucht sofort einer Heilanstalt überwiesen werden.

Schultze VII. tat so, als ob ihn die Sache nichts anginge. Und dennoch wußte er sehr genau, daß ohne sein Zutun die Katastrophe ganz unmöglich gewesen wäre; aber seine Kameraden wußten das nicht, da ihr Direktor alles Wichtige für sich behielt.

Schultze VII. sah mager aus wie ein Windhund und hatte einen so starken Schnurrbart, daß der mit zwei Fingern nur mühsam zu umspannen war. Kaum hatte sich der Siebente in sein Lederzimmer zurückgezogen, so strich er seinen Schnurrbart mit allen zehn Fingern so heftig auseinander, daß einzelne Haare rausgingen und nur so rumflogen. Und er knirschte mit den Zähnen – zwar melodisch – doch nicht sanft. Und er hielt dabei einige seiner gewöhnlichen Monologe – er war an die Monologe gewöhnt.

»Es ist eigentlich«, sprach er zu seinen braunen Lederwänden, »durchaus sinnlos, mich über diesen Rakkóx zu ärgern, denn ich brauche ihn nicht. Und dennoch ärgere ich mich. Ich war ja ein Wüterich von meiner Geburt an, obgleich ich niemals einen plausiblen Grund für meine Wut hatte. Aus Wut bin ich sogar Humorist geworden – nicht aus Liebenswürdigkeit. Es ist zweifellos mein Schicksal, immerzu im Wutstadium zu leben. Andere Leute leiden an Wassersucht – ich aber leide an Wutsucht. Ich sehne mich ja danach, beleidigt zu werden, damit ich ein Recht bekomme, meinem tückischen

Jähzorn freien Lauf zu lassen. Und dabei lach' ich noch.«
Schultze VII. sieht wieder seine ledernen Wände und seine ledernen Möbel – fein gepreßte Sachen – an und freut sich, so ganz zwischen alten Tierhäuten zu stecken; ihm sind alle Bestien so recht sympathisch.
»Die einfachen Tiere und die menschlichen Kinder«, fährt Schultze fort, »neigen mehr zur Mordlust als zur Wollust – der entwickelte reife Mensch desgleichen. Das hängt damit zusammen, daß die einfacheren Lebewesen sich ihrer Persönlichkeit nicht bewußt werden und die komplizierteren Lebewesen erst recht nicht an ein individuelles Leben glauben – daher schätzen beide ihr Leben und damit auch das der anderen Wesen nicht hoch ein. Die Geschichte ist gräßlich einfach. Esel verstehen's allerdings nicht. Am Anfange ist die Kreatur grausam und zerstörungssüchtig – am Ende noch mal. Und daher ist Schultze VII. ein Wüterich, denn er ist ein Lebewesen, das die höchste Entwicklungsstufe erreicht hat. Die höchste Genialität ist eben nur dazu da, die Menschenbrut feste zu verhöhnen und zu verhetzen. Blut will ich, verfluchtes Biestpack-Blut! Und darum muß Rakkóx – es läßt sich leider nicht ändern – zerrissen werden – wie die Taube vom Habicht zerrissen wird. Meine Logik ist immer vernichtend.«
Er lacht – was sich wie Storchgeklapper anhört – freilich nicht ganz so. Und er kreischt auf wie ein wildes Tier, schlägt mit beiden Fäusten auf seinen kleinen Kaffeetisch, daß der zusammenknickt wie eine alte Hutschachtel. »Rhinozeros! Rhinozeros!« brüllt er.
Und dann lacht er – wie die Irrsinnigen in der Heilanstalt zu lachen pflegen. Nachdem wird er aber ganz ruhig und kalt, geht zu der Versammlung der entlassenen Genies

FV

und Obergenies, überredet sie, mit ihm nach China auszuwandern und dort den Kaiser von China gegen den gemeingefährlichen Rakkóx aufzuhetzen – und tut so affektlos wie ein stiller Waldsee.
Die Versammelten folgen dem großen Schultze; alle fahren mit dem nächsten Eilzuge nach China.

IN DEN NÄCHSTEN MONATEN ENTWICKELT sich die Geschichte auf beiden Seiten programmgemäß. In den Gebirgspalästen, die Kasimir Stummel auf der Westküste Südamerikas baut, arbeiten fünfmal hunderttausend Mann – Rakkóxens Geld kommt unter die Leute, er wird immer berühmter und beinahe vergöttert. Ein ordentlicher Unternehmer geht seinen Weg; ob die Unternehmungen vernünftig oder lächerlich sind, ist allen ganz egal – wenn nur gezahlt wird.
Nach Verlauf eines guten Jahres bemerkt aber der große Billionär ein sichtliches Schwinden seiner Popularität. Über die Ursachen dieser Erscheinung kommt er bald ins klare. Schultze VII. telegraphiert ihm nämlich aus Peking: »Ihr Vorgehen in Südamerika wird hier an höchster Stelle scharf verurteilt, rate Ihnen, sofort Herrn Stummel ebenfalls zu entlassen, da er sich Übergriffe gegen chinesische Staatsbürger erlaubt hat. Ehrfurchtsvoll! Schultze VII.« »Aha«, ruft Rakkóx. Auf Madeira trifft er mit Kasimir Stummel zusammen, dessen glatt rasiertes Gesicht sehr braun und sehr gesund aussieht. Stummel

teilt seinem Prinzipal zunächst mit, daß sich an der Westküste Südamerikas die Anzahl der chinesischen Kriegsschiffe nachgerade täglich vermehrt. Die Situation wird brenzlich. Rakkóx telegraphiert demnach an den Direktor seiner Marineabteilung: »Schnell alle fertigen submaritimen Torpedoboote zu Stummeln nach Südamerika senden. Die Geschichte eilt. Rakkóx.« Dieses Telegramm beruhigt jedoch Herrn Kasimir Stummel keineswegs.

»Ich kann mir«, führt er aus, »nicht verhehlen, Herr Rakkóx, daß Ihre Offiziere sehr unzuverlässig sind. Sie haben sämtlich nur pekuniäre Interessen und keine nationalen. Die Soldaten, die sich als Vertreter einer Nation betrachten, bieten ohne weiteres viel mehr Sicherheit als die gesamte Rakkóx-Armee. Wir müssen das nationale Element aus den feindlichen Armeen rauspumpen. Es ist mein voller Ernst. Mit internationalen Armeen werden wir immer fertig. Wir müssen aus der chinesischen Armee eine internationale Armee machen.«

»Wie machen wir das?« fragt Rakkóx. »Es geht!« erwidert Stummel, »es ist eine kühne Idee – aber ich weiß, Sie schrecken vor kühnen Ideen nicht zurück – besonders wenn sie nur Defensivmaßregeln verkörpern wollen.«

»Nu reden Sie doch – was wollen Sie denn?« Also Rakkóx. Und Stummel fährt fort – bedächtig: »Es hört sich toll an – aber es geht! Wir müssen China zum internationalen Staate machen. Wir müssen durch glänzende Anerbietungen eine Vermischung aller Rassen des Erdballs durchzuführen suchen. Wir müssen die Übersiedlung sehr vieler Europäer nach China und sehr vieler Chinesen nach Europa veranlassen. Diese Tätigkeit maskieren wir dadurch, daß wir gleichzeitig die Afrikaner nach Indien und die Inder nach Australien transportieren; die Indianer können ja nach Skandinavien. Sie verstehen wohl! Wir müssen das reine Rührei aus den Nationen machen. Ich sage Ihnen, lachen Sie nicht! Es geht tatsächlich! Dazu gehören nur recht viele Personendampfer, die für die Überfahrt einen lächerlich geringen Preis beanspruchen.«

Rakkóx steht auf und telegraphiert an den Direktor seiner kaufmännischen Abteilung: »Sofort tausend Personendampfer ankaufen oder bei der Werft von Europa bestellen. Größtes Format! Rakkóx.«

Stummel stammelt seinen Dank, er ist ob seiner Erfolge ganz verwirrt. Im besten Strandhotel essen sie danach ein einfaches Abendbrot. Nach dem Abendbrot rauchen sie auf der Fürsten-Terrasse eine gute Zigarre aus Melbourne, der Mond beleuchtet ganz ausgezeichnet den Atlantischen Ozean, und Rakkóx plaudert von seinem Obergenie Schultze VII.

»Das ist ein ganz gemeingefährlicher Mensch«, sagt er heftig, »stellen Sie sich nur vor, was für geniale militaristische Ideen mir dieser freche Kerl zu unterbreiten wagte! Krokodilsregimenter in dunkelblauer Uniform – wirkliche Krokodile in dunkelblauer Uniform – wollte der Herr zum Schutze der Hafenforts dressieren lassen. Ich glaube, er schrieb auch von einer Dressur der Austern zu Kriegszwecken. Er hätte auch noch die Regenwürmer in Uniform gesteckt – wenn ich dem Satan nicht den Laufpaß gegeben hätte. Und aus Rache für den Laufpaß putscht er nun die Chinesen gegen mich auf. Ein sauberer Kunde! Er ließ keine Gelegenheit vorübergehen, die Bedeutung des Ungeziefers herauszustreichen; das Ungeziefer nannte er das natürliche Leibregiment der

Menschheit. Meine zweihundert Genies glaubten immer, ich könnte mich nur am Spaß ergötzen. Weil ich's mir selten versagen mag, gelegentlich einen saftigen Ulk vom Stapel zu lassen – deswegen glaubte man, mir könnte nichts angenehmer sein, als selber ordentlich verulkt zu werden. Wenn man über die Tiefsinnigkeit dieser Genies, die das Gehirn eines Billionärs nur für ein Witzkaninchen halten, nachdenkt, so kann man beinah Bauchweh bekommen. Es gibt doch verschiedene Arten von Humor. Wir können speziell defensiven und aggressiven Humor unterscheiden; der aggressive ist eine ganz entartete Art und diesem Schultze Numero VII. eigentümlich. Sie, Herr Stummel, haben eine seltsame Abart von Humor, die ich die geschäftliche Abart nennen möchte. Nehmen Sie mir's nicht übel, mir ist die Abart durchaus nicht unsympathisch. Ich selbst habe einen Humor, der mehr unfreiwilliger Natur ist. Der unfreiwillige Humor wird ja wohl von einzelnen Gelehrten für den einzig wahren erklärt. Ich gestehe aber, daß ich sein Dasein in mir lebhaft bedaure. Seien Sie nie zu lustig, der ganze Humor ist überhaupt nur eine gute Nummer für den Armen – für den Reichen ist der Humor ein Malheur. Ich habe meinen verdammten Mitmenschen immer zu wenig übelgenommen. Ich habe das fatale Talent, bei jedem nur die lächerlichen Seiten zu sehen – und was man belachen kann, nimmt man nicht krumm. Doch durch diese Gutmütigkeit verliert man den Respekt. Die Leute glauben einem schließlich nicht, daß man mehr will – als Lachenkönnen. Und vom Lachen allein wird man doch noch nicht vergnügt.«

Die beiden Männer qualmten mächtige Rauchwolken in den Mondschein, der Atlantische Ozean lag glitzernd vor

ihnen wie ein verworrenes Spiegelbild der Unendlichkeit.
Die beiden Männer schwiegen lange und waren so ernst wie diejenigen, die ihr ganzes Leben nur mit weltzerkneifenden Taten füllen möchten.
Und dann sprach Stummel von seinen großen Palastgebirgen: »Ich möchte das Bleibende schaffen!« sagt Stummel, »ich habe zunächst mit den neuen Maschinen größere Höhlungen in den Bergen vorgenommen, die dabei herausgebrachten Stein- und Kalkmassen habe ich draußen am Meeresstrande zu reich gegliederten Terrassenbauten verwandt. Es lassen sich verschiedene Berge ganz leicht in eine rechtkantige architektonische Form bringen, auch mit komplizierten Kurven lassen sich glänzende, architektonische Kompositionen schaffen. Die Säle, die im Innern der Rakkóxfelsen entstehen, werden beispiellose Dimensionen erhalten. Wir machen das Dimensionale modern. Die neuen Maschinen arbeiten so sicher, daß Einstürze nicht zu befürchten sind. Unsere Mathematiker arbeiten zudem fast viel zu sorgsam. Am Kasimirfelsen lasse ich den ganzen Gipfel abschneiden, so daß in allen Sälen Oberlicht sein kann. Ich denke mir die Wände der Säle zumeist ganz mit Wohnungen angefüllt – die hinter Vorbauten, Säulenhallen und Balkons jede beliebige Ausdehnung haben können. Gewaltig werden die Granitsäle wirken. Zweihundert Meter hohe Wände – ganz spiegelglatt! Und da die Beleuchtung mit Fackellicht! In den tieferen Schichten sind riesige Baderäume unterzubringen – mit Springbrunnen, Kaskaden, Teichen und Gondeln. Sämtliche Kirchenbauten fallen vor diesen Gebirgspalästen untern Tisch, nicht wahr? Man muß lächeln, wenn man an die kleinliche Architektur der

Vorzeit denkt. Um die Wohnungen wird man sich reißen und märchenhafte Summen bezahlen. Vorzüglich wirken die grandiosen Perspektiven, wenn ganze Ketten von Riesensälen neben-, hinter-, über- und untereinander liegen können. Es sind selbstverständlich durch eleganteste elektrische Bahnen die Säle zu verbinden. Die Wagen müssen allerdings ganz im Stile der Architektur gebaut sein. Wir schreiben da wohl verschiedene Konkurrenzen für die einzelnen Stilarten aus. Von außen aber werden die Gebirge einen hinreißenden Anblick gewähren. Die Natur ist tausendfach übertrumpft. Es lassen sich auch im ägyptischen Geschmack große stilisierte Skulpturen herausarbeiten. Immerhin bin ich eigentlich dagegen: die reine Architektur muß allein mit großen Rhythmen wirken und kleinlichen Zierat verschmähen, wenn er auch noch so groß ist. Die neuen Emailfarben bringen übrigens, wenn man sie vorsichtig zum Rausstreichen der Verhältnisse benutzt, einen verblüffenden Eindruck hervor – und die Farben sind wetterfest. Ich bin sehr glücklich...«

So redete Stummel bis zum Morgengrauen, und Rakkóx hörte aufmerksam zu, sie rauchten mit Genuß das Kraut von Melbourne, tranken nur kühle Limonade und begaben sich erst beim Aufgange der Sonne zur Ruhe. Der Atlantische Ozean glitzerte in tausend Farben, als die Sonne kam.

Der Krieg zwischen Rakkóx und dem Kaiser von China nahm nun seinen Fortgang. Eine Kriegserklärung fand natürlich nicht statt, denn sich gegenseitig Schlachten zu liefern, lag durchaus nicht in der Absicht der beiden Parteien. Sie lagen bloß auf der Lauer und suchten eine günstige Gelegenheit zu erspähen, ohne größeren Geld- und

Blutverlust was zu erobern. Es war ein ständiges Manövrieren. Und alles konzentrierte sich dabei um Stummels Gebirgspaläste; Rakkóxens submaritime Torpedoboote kreuzten immerzu vor dem Arbeitsfelde und verhinderten das Näherkommen der chinesischen Flotte, ohne zu schießen. Und diese versuchte eigentlich nichts weiter, als Rakkóxens Admirale zu bestechen. Ein schöner Krieg! Die Bestechungsversuche gelangen aber nicht, da Rakkóx viel freigebiger war als der Chinesenkaiser. Das Hauptziel der chinesischen Diplomaten war zudem das: Stummel rumzukriegen. Indessen Stummel war nicht so leicht ins Verderben zu stürzen, da er alle persönlichen Empfindungen unterdrückte und nur für die Erhaltung seiner Gebirgspaläste kämpfte. Schultze VII., der bald die gesamte Bestechungs-Aktion gegen Stummel leitete, wußte wohl, mit welchem hochentwickelten Menschen er's zu tun hatte. Doch die bösen Menschen sind nie in Verlegenheit, wenn es gilt, tückische Pläne auszuhecken. Der rachsüchtige Schultze telegraphierte aus Peking an Herrn Kasimir Stummel: »Ich gratuliere Ihnen zu den Erfolgen Ihrer Rassenvermischungsidee. Ihre Personendampfer funktionieren ja ganz ausgezeichnet. Erklären Sie Ihre Gebirgspaläste ebenfalls für international. Begeben Sie sich unter den Schutz der vereinigten Staaten des Erdballs und die Konsistenz Ihrer Arbeit ist für alle Ewigkeit gesichert. Andernfalls können Sie sich auf das Schlimmste gefaßt machen, da sich in Ihrer nächsten Umgebung an die fünfzig Verräter befinden. Schultze VII.«

Stummel erschrickt doch ein wenig, denn am Bestehenbleiben seiner Paläste, die natürlich nicht so rasch fertig werden, liegt ihm mehr als an seinem eigenen Leben.

FV

Stummel ist ein Diplomat und immer schnell bereit, gleich wieder mit einem anderen Herrn zu arbeiten, wenn der momentan zur Verfügung stehende Herr nicht den genügenden Schutz bietet. Der kluge Kasimir schickt also an Rakkóx eine umständliche Depesche, in der er in sehr lustiger, humorvoller Form die Idee des infamen Schultze auseinandersetzt und beleuchtet; er läßt durchblicken, daß die Gebirgspaläste im Besitze sämtlicher Nationen des Erdballs an Wert nur gewinnen – nicht verlieren dürften.

Rakkóxens Antwort lautet: »Das Lachen der Verlogenheit ist immer noch liebenswürdiger als das Lachen der Verlogenheit. Rakkóx.«

Diese grobe Antwort stößt den Stummel doch furchtbar vor den Kopf, und er zweifelt daran, daß Rakkóx nötigenfalls bereit sein könnte, für die Paläste Kopf und Kragen zu riskieren, und er beschließt, nur noch im Interesse seiner Arbeit zu handeln und sich um den Rakkóx nicht weiter zu bekümmern. Stummels internationale Unterhandlungen beginnen darauf. Rakkóx wird nicht weiter befragt.

Gleichzeitig erfährt die allgemeine Wutstimmung, die sich auf der ganzen Erde gegen den verrückten Billionär im Laufe der Jahre ausbildete, eine unheimliche Steigerung.

Und Schultze VII. wird kühner. Mit verblüffender Taktik weiß er den Stummel immer tiefer in sein Netz zu ziehen, so daß dieser schließlich öffentlich die Gebirgspaläste für internationales Eigentum erklärt und sich und seine Arbeiter unter den Schutz der vereinigten Staaten des Erdballs stellt.

Wie Rakkóx in Konstantinopel diese Proklamation liest,

besteigt er sofort sein Blitzboot und fährt bei Gibraltar vorbei nach Südamerika – erklärt unterwegs die Proklamation des Kasimir Stummel für eigenmächtig und gegenstandslos. Aber Schultze VII. hat Rakkóxens Reise auf dem Blitzboot vorausgesehen. Mit den zweihundert Genies und vielen Chinesen kreuzt er so »zufällig« im Atlantischen Ozean 'rum und fängt das Blitzboot mitten auf'm Äquator ab. Das raffinierte Obergenie läßt den Rakkóx fesseln und in seine große Salonkajüte führen.
Zehn alte Indianer mit langen blanken Messern im Gürtel sitzen schweigend rechts und links neben dem großen Schultze, der dem Billionär mit gleißenden Augen nur ein einziges Wort entgegenschleudert: »Rhinozeros!«
Rakkóx sieht seinen Feind ruhig an, mustert die verrückten blutgierigen Indianer und sagt milde: »Armer Schuft!«
Schultze VII. streicht seinen dicken Schnurrbart, gibt den Indianern ein Zeichen – und die Indianer stürzen sich heulend auf den Billionär, jagen ihm die langen Messer in den Leib, drehen ihm den Kopf ab und schneiden den Leichnam in zweihundert Stücke von ziemlich gleicher Größe; den Schädel und die größeren Knochen zerlegen sie mit den Streitäxten. Die zweihundert Stücke werden abgewaschen und fein säuberlich in zweihundert Emaildosen gepackt. Und diese Emaildosen mit dem Rakkóxgebein werden feierlich unter die zweihundert Genies verteilt. Die Obergenies erhalten Kopfstücke. Schultze nimmt Rakkóxens Nase. So stürzt Rakkóx von seiner Höhe.
Das Publikum der ganzen Erde schreit Hurrah und feiert Schultze VII. als Erlöser. Die Verteilung der Billionen erzeugt natürlich einen ganzen Rattenschwanz von aben-

teuerlichen Prozessen. Die Advokaten trinken nur noch Über-Sekt. Auch ein paar veritable Schlachten werden geschlagen – mit scheußlichem Gedonner. Das macht aber alles nichts aus – Rakkóxens Billionen werden verteilt – Rest bleibt nicht übrig. Die Todesart des reichen Mannes bleibt natürlich ein Geheimnis – dem Publikum wird was von Selbstmord und Testamentsvernichtung vorgeschwatzt – die Verwandten erhalten sämtlich Ministerstellen – einige Vettern bekommen den Herzogstitel usw. usw. usw. So stürzen Rakkóxens Billionen von ihrer Höhe.

Schultze VII. aber merkt plötzlich, daß er – zum – Götzen – der – Dummheit – geworden ist – und – – – verachtet sich. – So stürzt Schultze VII. von seiner Höhe. Die Gebirgspaläste des Kasimir Stummel verfallen, da die Nationen für derartige Baukünste kein Geld übrig haben. Schlangen und wilde Tiere nisten sich in den großen Granitsälen ein. Die Arbeiter fahren sämtlich davon, als sie keinen Lohn mehr bekommen. Und Stummel sieht, wie sein Werk zusammenbricht. Ein paar unternehmende Amerikaner betrachten die Gebirgspaläste als gute Bergwerke, finden dort Gold und – verwüsten die gesamten »architektonischen« Arbeiten von oben bis unten. Die herrlichen Terrassenanlagen werden rücksichtslos zerstört und die feinen großen Maschinen nur noch zu Bergwerkszwecken verwandt. Stummels Beschwerden werden von den z. Z. vereinigten Staaten des Erdballs mit lächelndem Bedauern entgegengenommen. So stürzt Kasimir Stummel von seiner Höhe. In Peking aber pflegt der allgemeine Genieverein jeden Sonnabend seine Sitzung mit einem Rundgesang zu beginnen, dessen Kehrreim »Sic transit gloria Rakkóxi« stets mit indianerhaftem

Wutgeheule gesungen wird. Der rakkóxische Rundgesang wird mit der Zeit so populär, daß er bei jedem Siegesfeste gesungen werden muß.

DIE WILDE JAGD

EIN ENTWICKLUNGSROMAN
IN ACHT ANDEREN
GESCHICHTEN

GÖTTER!

DIE SCHWARZEN DIENER GOSSEN ÖL IN DIE vielen Maschinen.
Die schwarzen Diener krochen in unglaublich großen Scharen wie schwarze Salamander an den Maschinen hinauf und hinunter.
Die Öltonnen ragten übereinanderstehend zwischen den Maschinen wie stilisierte Berge in die Luft.
Die schwarzen Diener gossen auch die letzten Öltonnen vorsichtig in die starken Räderwerke hinein und atmeten dann erleichtert auf; sie hatten eine schwere Arbeit hinter sich.
»Jetzt«, flüsterten sie sich zu, »müssen die Geister gleich kommen.«
Andre jedoch sagten:
»Das Gewürm muß gleich kommen.«
Die Schwarzen warteten auf die Geister, die sich von ihren Sternen trennen wollten.
Diese Sterne waren sämtlich Kugelsterne.
Und die Geister, die oberhalb oder innerhalb dieser Kugelsterne lebten, wurden Wurmgeister genannt.
Die Wurmgeister, die sich von ihren Sternen trennen wollten, ließen jetzt auf sich warten.

Und die schwarzen Diener riefen empört: »Dieses Gewürm!«
Auf den Maschinen flackerte der Glanz schlafloser Nächte.
Am graden Rande einer halbrunden Steinebene stehen die blanken Maschinen; die Steinebene ist schwarz und ganz glatt wie ein Eismeer ohne Schnee.
Und entsetzlich groß ist die halbrunde glatte Steinebene; um ihren krummen Rand hat sich ein hellgrauer Wolkenkranz gelegt; die Wolken sind stilisierte hellgraue Riesenrosen, die zu maßlos hohen Gebirgen wurden.
Weiß ist der Himmel – wie Milch.
Und auf der schwarzen glatten Steinplatte spiegeln sich die Wolken und zwischen den Öltonnen die Maschinen, die mit der Kopfseite nach außen gerichtet sind und den ganzen graden Rand des Halbrunds bedecken.
Vor dem graden Rande versperren zarte, sich leicht bewegende Nebelschleier alle Aussicht.
Obwohl nun die Zahl der Maschinen eine ganz ungeheure ist, nehmen diese doch eben nur den graden Rand des Halbrunds in Anspruch. Wird die Maschinenreihe verglichen mit der ganz leeren halbrunden Steinebene, so werden die Maschinen so klein wie Kinderspielzeug – und sie sind doch so groß.
Es sind eiserne Fahrzeuge am schwarzen schnurgraden Plattenrande – und sie haben ein abenteuerliches Aussehen – da gibt's Riesenkanonen, deren Stahlröhren so lang sind, daß man sagen möchte, sie seien viel länger als ein Jahrhundert – da gibt's Bahnzüge, die tausendmal länger sind, und Lokomotiven vorgespannt haben, deren Schornsteine Kirchtürmen ähneln.
Da gibt's schlanke Schlitten mit weiten Flügeln, die wie

Wolken aufragen – da gibt's Stelzmaschinen, die auf hundert meilenlangen Stelzen stehen – da gibt's himmelhohe räderartige Maschinen, in deren Speichen lauter Körbe hängen – da gibt's geflügelte Riesenräder – da gibt's Korbketten, die an hohen Eisensäulen befestigt wurden und an beiden Enden Raketenapparate besitzen – da gibt's Luftschiffe mit Kanonen, die gefesselte Kugeln abschießen können; durch ihre Kugeln können sich die Luftschiffe sehr schnell fortreißen lassen; die Kugeln dürfen sich nur nicht losreißen.

Da gibt's – – viel zu sehen!

Das ist ein gewaltiges Maschinenreich!

Und alle diese Maschinen sind bloß für das große Wettrennen gebaut, das jetzt gleich beginnen soll. – – – – – – – – Auf der schwarzen Plattform entstanden jetzt viele runde Löcher und aus diesen runden Löchern stiegen jetzt langsam, steif und gespensterhaft viele Billionen Geister heraus.

Die Geister staken in perlgrauen unbestimmten Gewändern, und ihre Köpfe waren weiß wie Lilien; wie Standbilder stiegen sie empor.

Und die Löcher schlossen sich wieder.

Und die Geister schwebten langsam dicht über dem schwarzen Fliesenboden zu den Maschinen hin.

Und die schwarzen Diener machen den Geistern Platz.

Die schwarzen Diener haben viele Schlangenbeine und viele dicke Köpfe, die Molchköpfen ähneln. Und ihr Rumpf ist wie ein schwarzer Sack, in dem sich durchscheinende rote Würfel balgen. Und ihre schwarzen Kopfhaare stehen immer hoch empor wie Besen und steife Pinsel.

»Es ist alles vortrefflich eingeölt!« sagen die Diener unter devoten Bücklingen.

Und die Geister prüfen die Ölung und bewundern ihre Maschinen; die haben sie selbst in vielen schlaflosen Nächten unter dem schwarzen Fliesenboden erfunden und oben mit Hilfe der molchköpfigen Diener aufgebaut.
Nun verabschieden sich die Geister voneinander und steigen in ihre Bahnzüge und in ihre Maschinen hinein, denn es soll gar bald losgehen.
»Als Götter sehen wir uns wieder!«
Das rufen sie sich in vielen Sprachen lachend zu.
»Ist es wahr«, fragen da die Diener, »daß bloß die erste Million zu Göttern wird?«
»Gewiß«, erwidern die grauen Geister mit den lilienweißen Köpfen, »sonst wäre doch das ganze Wettrennen überflüssig. Wir sind ja zu Billionen hier. Nur die erste Million, die durch die Allee zuerst durchkommt, wird zu einer Million von Göttern.«
»Und ist es wahr«, fragen die Diener weiter, »daß Euch alle Mittel beim Weiterkommen erlaubt sind? Ist es wahr, daß Ihr unterwegs um die Plätze kämpfen dürft?«
»Ja, das haben wir schriftlich!« antworten die Geister in Chören, »sogar jede Gemeinheit und jede Niedertracht ist uns erlaubt.«
Das Stimmengewirr wird zum reinen Meergebrause, denn die Billionen Geister sprechen alle noch miteinander in unsäglich vielen Sprachen und nehmen auch freundlich von den Schwarzen Abschied, deren Zahl auch ins Billionenhafte steigt.
»Das Gewürm«, flüstern sich die Schwarzen zu, »ist so siegesgewiß, daß man beinahe neidisch werden könnte. Wenn sie früh genug durch die Sternallee durchkommen, werden diese Würmer selber zu Sternen – zu Kugelster-

nen. Und als Kugelsterne sind sie Götter. Dann gibt's wieder eine Million Götter mehr. Das muß herrlich sein, so als Gott weiterzuleben.«
Aber die Diener, die selbstredend ebenfalls ganz waschechte Geister sind, lächeln dabei – ihnen liegt eigentlich sehr wenig daran, zu Göttern zu werden; die Wurmgeister aber, die jetzt Götter werden wollen, sind sehr entwickelte Geister, die eine lange, lange Vergangenheit hinter sich haben – ein vielfaches Leben auf und in den Kugelsternen, die jetzt gleich zu sehen sein werden.
Die Nebelschleier, die vor dem graden Rande der halbrunden, von grauen Rosenwolken umrahmten Plattform alle Aussicht bislang versperrten – diese Nebelschleier zerfließen jetzt und gehen zur Seite.
Und eine Sternallee wird sichtbar.
Breit ist die Allee – rechts gehen Kugelsterne wie eine Perlenschnur in die Unendlichkeit – und links ist ebenfalls eine solche Sternperlenschnur. Die beiden Sternketten der Allee scheinen in der Ferne eine Spitze zu bilden.
»Die Allee ist natürlich keineswegs unendlich!« sagen die Geister in ihren Maschinen und in ihren Bahnzügen.
Zwischen den Kugelsternketten liegen die vielen Schienen, doch ist die Mitte der Allee ohne Schienen – in der Mitte befindet sich nur spiegelglatter schwarzer Steinboden – wie auf der Plattform, die als Ausgangspunkt des Rennens mit ihrem Wolkenrahmen sehr stattlich wirkt; die vielen grauen Riesenrosen sind noch größer geworden.
Aber die Kugelsterne überragen die Rosen um ein Beträchtliches; die Kugelsterne sind nur so weit ab, daß ihre Größe nicht so drückend empfunden wird.

Eine Götterallee ist diese Sternenallee, denn jeder Kugelstern ist wie gesagt ein Gott.
Und die Wurmgeister, die durch diese Allee durchkommen, werden wie gesagt selber Götter als selbständige Kugelsterne.
Aber es kann wie gesagt nur eine Million der Wurmgeister den Götterpreis erringen – daher das große Wettrennen, das jetzt sofort beginnen soll.
Der Himmel ist weiß wie Milch. Und die Kugelsterne sind grau wie die Wurmgeister.
Und es gibt einen furchtbaren Knall!
Und die Maschinen gehen alle los – im selben Augenblick!
Und ein einziger Jubelschrei durchgellt die Welt.

»ALS GÖTTER SEHEN WIR UNS WIEDER!«
Das haben die Wurmgeister auch den molchköpfigen Dienern zum Abschied zugerufen.
Die molchköpfigen Diener stehen jetzt ruhig auf dem graden Rande der Plattform zwischen den Öltonnen.
Die Maschinen sind schon weit fort.
Nur die großen Kanonen und ein paar hohe Eisensäulen sind zurückgeblieben. – – – – – – – – – – – – – – –
Und die Maschinen jagten dahin.
Das war ein Geknatter, als würde mit Billionen Peitschen geknallt.
Und die Geister machten einen Lärm – es hörte sich an, als würden Billionen Hunde geprügelt.

Wie ein heulender Sturmwind jagte das Geisterheer durch die Sternallee. Die Schienen bebten und zitterten, und alles rasselte, als sollten ganze Höllen zerrissen werden.
Ungeheure Dampfmassen blieben hinter einzelnen Maschinen zurück.
Der furchtbare Knall, der das Signal zum Losfahren bildete, war von den Kugelsternen erzeugt worden; auf den Kopfplatten der Kugelsterne hatte zu gleicher Zeit ein Vulkanausbruch stattgefunden.
Und nun lag oben auf jedem Kugelstern ein kleiner weißer Wolkenkranz – wie eine Krone aus weißen Perlen.
In der Mitte der Allee, wo der schwarze Steinboden spiegelglatt und geölt war, flogen die geflügelten Schlitten wie die Pfeile dahin; jeder Flügelschlag wurde mit stürmischem Halloh begrüßt.
Auf den Schienensträngen, die der Mitte am nächsten lagen, rollten die großen Kanonenkugeln – haushohe Bälle – viele durchsichtige Schalen drehten sich auf diesen Kugeln umeinander und bildeten eine sehr komplizierte Kugeloberfläche, so daß sehr viele Geister im Innern der Kugeln ruhig sitzen und hinausgucken konnten, trotzdem die Kugeln rasend rasch dahinrollten.
Die Lokomotiven mit den langen Bahnzügen machten einen mörderlichen Spektakel.
Auf der linken Seite der Allee hatte der Boden in beträchtlicher Breite ganz unebene Formation – da stolzierten die Stelzmaschinen neben den geflügelten Riesenrädern, die ihre Passagiere seitwärts an der verlängerten Achse trugen. Da stolperten auch höhere Radmaschinen herum, die ihre Geister in Speichenkörben trugen.
Und oben sausten fortwährend knallend die Kanonen-

luftschiffe durch die Luft – immer wieder schossen sie ihre Fesselkugeln ab und ließen sich von denen ruckweise vorwärts reißen, daß es beängstigend schien, dem zuzusehen.
Jedoch zwischen den Luftschiffen arbeiteten sich noch die großen Korbketten durch, die an beiden Enden Raketenapparate besaßen und sich immerzu in großen Bogen überschlugen; kaum hatten sie sich mit dem vorderen Ende in dem unebenen Bahnboden festgebohrt, so ging das hintere Ende los und flog im großen Bogen weiter wie ein geschleudertes Tau; die Raketenapparate, die gegen das Anprallen am unebenen Steinboden musterhaft geschützt waren, funktionierten tadellos.
Die Lokomotiven, die rechts und links am äußersten Rande der Rennbahn mit den längsten Wagenzügen dahinrasten, schossen öfters eine Harpune in die Kugelsterne und gewannen durch das Ziehen an der Harpune, wenn diese festsaß im Stern, einen erheblichen Vorsprung; losgemacht wurde die Harpune durch elektrisch entzündbare Platzapparate.
Die Rennbahn dröhnte wie ein Meer im Frühlingssturm.
Die geflügelten Schlitten und die Korbketten mit den Raketenapparaten hatten die Führung.
Und darob begann ein wildes Gefluche, denn nun wollte jeder mit diesen schnellsten Fahrzeugen fahren.
Viele verließen ihre sicheren Plätze, um auf einem Flügelschlitten schneller weiterzukommen.
Die Geister hatten – was gesagt sein muß – wohl die Fähigkeit zu schweben – aber ihnen lag trotzdem noch ihre volle Sternschwere auf den Schultern – so daß sämtliches Gewürm nicht schneller vorwärts kam als im früheren

Leben – sonst hätte ja das Maschinenmaterial ein ganz anderes sein müssen.
Es wurde nun aus dem Platzwechsel ein erbitterter Kampf, in dem es wie in allen schwierigen Lebenslagen an lächerlichen Momenten nicht fehlte.
Ein Wurmgeist, namens Knipo, tut schrecklich empört, als er von einem Flügelschlitten heruntergeworfen wird.
»Unter welches rohe Volk bin ich geraten!« schreit er wütend, »Ihr wollt Götter werden? In Schweine müßtet Ihr verwandelt werden.«
Und der Knipo springt mit der ganzen Gewandtheit, die einem Wurmgeiste zu Gebote steht, auf eine jener haushohen Kugeln, die auf ihren besonderen Schienen dahinrollen. Aber die glatte Kugel rollt weiter, und der Springer bleibt mit flatternden Gewändern in der Luft zurück.
Er faßt ein Tau, das von einem Luftschiffe herunterbaumelt, und will sich dran emporziehen – aber das Tau wird oben mit einer großen Schere abgeschnitten.
»Diese Tücke!« ruft der Knipo ärgerlich, während er das Tau zusammenballt, »beim Einsteigen und Abfahren ging alles ganz gemütlich zu – und jetzt benehmen sich diese Kerls wie die gemeinsten Raubtiere. Schöne Geister! Und die wollen Götter werden! Rabiates Gesindel!«
Die Korbketten mit den Raketenapparaten überholen währenddem sämtliche Flügelschlitten, und ein Mordsradau entsteht – besonders auf den geflügelten Rädern, deren Passagiere einen bequemen Überblick genießen.
Knipo versucht es noch, sich auf eine Stelzmaschine zu schwingen, wird jedoch auch hier mit vielen anderen Geistern zugleich durch lange Stangen fortgetrieben; die meisten Geister wollten an den Stelzen emporklettern.

Die Stelzmaschinen kommen scheinbar ohne Anstrengung vorwärts und erinnern an laufende Kamele; nur haben die meisten Stelzmaschinen mehr als vier Beine. –
Diejenigen, die einen Platz auf den schnelleren Maschinen erobern wollten, wurden fast sämtlich zurückgedrängt und ließen sich schließlich in Scharen auf den Verdecken der längeren Bahnzüge nieder, wo sie sich ordentlich festhalten mußten in nicht grade beneidenswerter Lage.
Knipo rettete sich ebenfalls durch einen Sprung auf das Verdeck eines Bahnwagens und hatte da leider unter den Rauchwolken einer Radmaschine viel zu leiden, sah jedoch zu seiner Rechten einen langen Zug, dessen Lokomotive immer wieder eine Harpune in die Haut der dikken Kugelsterne schoß.
Die meisten Geister, die sich aus den vorderen Gefährten in die hinteren gedrängt sahen, beklagten sich nicht. Doch Knipo beklagte sich gar bitterlich, denn er hatte seinen festen Schlittenplatz durchaus nicht mit einem besseren Platze vertauschen wollen.
»Ich bin vergewaltigt worden!« schrie er, »glaubt man denn, ich hätte kein Recht, auch ein Stern zu werden? Ich will sogar ein Doppelstern werden – ja, das will ich! Ich will als Doppelgott weiterleben.«
Die andern Geister auf dem Verdeck des Zugwagens mußten trotz ihrer schwierigen Lage bei dem Worte »Doppelgott« laut losprusten.
Knipo jedoch rief sehr grimmig: »Ich erinnere mich jedenfalls ganz genau, daß ich das meiste zur Erfindung der Flügelschlitten beigetragen habe.«
Hiernach wurde die Aufmerksamkeit von dem Knipo ab-

gelenkt; in einem Bahnzuge, der auf dem Nebengeleise mit ähnlicher Geschwindigkeit fuhr, wurde laut und heftig über transparente Empfindungen debattiert.

Mitten durch den furchtbaren Lärm der rasselnden Schienen drang vernehmlich die Stimme eines jungen Geistes herüber, der seiner abenteuerlichen Ideen wegen überall berüchtigt war: »Ihr könnt Euch ruhig Eure Geisterlunge ausschreien«, kreischte seine Stimme, »mir wird zu allen Zeiten bombenklar sein, daß ein Kugelstern anders empfindet als ein Wurm – Sterngeist und Wurmgeist sind zwei ganz verschiedene Weltsubjekte. Der Sterngeist hat eben lauter transparente Empfindungen und nicht Empfindungen, wie sie durch Wurmsinne erzeugt werden. Ein Stern hat nicht bloß viel mehr Sinnesorgane als ein Wurm – die Sinnesorgane eines Sterns sind auch qualitativ von denen eines Wurms verschieden. Aus diesem Grunde wollen wir ja Sterne werden, damit wir endlich mal rauskönnen aus unsrer alten Empfindungswelt. Als Wurm sehen wir immer nur mit unsern alten Augen – das, was wir eben sehen können; es ist nichts für uns dahinter. Als Stern aber haben wir hinter jedem Sinneseindruck noch eine ganze Portion weiterer Sinneseindrücke zu gleicher Zeit. So wie wir heute als Wurm im durchsichtigen bunten Glase nicht bloß dieses, sondern noch das, was dahinter ist, wahrnehmen können – so werden wir später als Stern Ähnliches hinter allen Eindrücken haben – die Transparenz der Empfindungen wird in Permanenz erklärt werden – wir werden überall mit jedem Sinnesorgan, das astraler Natur ist, gleich noch weiter zu empfinden vermögen – gleichsam durch durchbrochene Wände durch – durch ein paar Dutzend transparenter Wände hindurch. Der Stern kommt eben in vielfacher Art hinter seine Sinneseindrücke – was uns noch nicht gelang – da ja für uns durchsichtige Glaswände immer nur einen einzigen Sinneseindruck bilden.«

Leider verschlang jetzt ein furchtbares Sturmgetöse – begleitet von schrillem Schienengeknack – die ganze Debatte.

EINE BLENDENDE HELLIGKEIT DRANG AUS DER Höhe herunter auf die Rennbahn hernieder.

Eine Brillantensonne durchquerte funkelnd die Richtung der Götter-Allee; die Sonne schien hoch über den perlartigen Wolkenkronen.

Aber während die neue Sonne so viel Licht verbreitete, entdeckten die wettfahrenden Geister plötzlich unzählige feinste bunt glitzernde Spinngewebefäden, die die Geister mit den Kugelsternen verbanden; es waren gradezu unendlich viele Fäden da, von denen unzählige weit nach vorn mit den Schienen parallel gingen.

»Aha!« rief da der Knipo, »so sind wir also sämtlich doch noch mit unsern Sternen verbunden. Wie mich das freut!«

Die Brillantensonne verschwand jedoch bald hinter den Kugelsternen. Und mit der Sonne verschwanden auch die nie gezählten Spinngewebefäden.

Der Lärm der fahrenden Geister war plötzlich verstummt.

Indessen – Knipo fand bald seine Sprache wieder und sagte zu denen, die mit ihm zusammen auf dem Wagenverdeck lagen und sich immer noch krampfhaft an Ecken und Haken festhielten: »Meine Herren! Wovon ich immer überzeugt war, hat sich also plötzlich als unumstößliche Wahrheit erwiesen. Wir sind sämtlich noch mit den Sternen, von denen wir uns loslösen wollten, verbunden. Ja – das Eine gehört eben dem Anderen und umgekehrt! Bewundert meinen horrenden Tiefsinn! Es ist mir bei den Fäden, die uns festhalten, nicht recht begreiflich, wie wir jemals selbständige Sterne und Götter werden sollten. Ich sehe auch gar nicht ein, warum wir durchaus und durchum sogenannte Sterne und sogenannte Götter werden möchten. Ich habe den ganzen Selbständigkeitsrummel eigentlich bloß so mitgemacht wie eine Modesache. Schließlich muß doch jeder das bleiben, was er war – wenn er nicht aufhören will – zu sein.«

»So spring doch ab!« riefen da die andern.

»Ih nein!« erwiderte dazu Knipo lachend, »ich mache zunächst alles mal mit! Es kann ja niemand wissen, wo's uns vergönnt sein dürfte, noch mal zu enden. Außerdem möchte ich mal wo festen Fuß fassen; mich macht die Fußschonung der Geister zu empfindlich in der Sohle; ihr verdanken wir wohl die feinen Fäden, mit denen wir so fein angebunden sind.«

Die anderen Geister dachten voll Geringschätzung über Knipos schwach entwickelte Selbständigkeitssucht; sie schauten sich voll Sehnsucht die großen Kugelsterne an, neben denen sie vorüberfuhren.

Rechts und links schienen unendlich viele Kugelsterne die Allee zu bilden – aber es waren noch lange nicht unendlich viele – rechts stand bloß eine halbe Million – und links desgleichen. Die Geister erschraken nur, als sie

bemerkten, daß jeder nächste Stern beträchtlich größer war als der vorhergegangene.
Die Wurmgeister sollten so groß werden wie die Sterne der Allee; jeder früher durchs Ziel schießende Wurmgeist mußte also größer werden als sein Nachfolger.
Danach mußte den Wurmgeistern, die jetzt im Schienengeklapper um die Wette dahinjagten wie hungrige Wölfe, noch viel mehr daran liegen, einander zuvorzukommen – die ganze zukünftige Größe stand ja auf dem Spiele – die Kugelsterngröße.
Es wurde den Wurmgeistern ganz schwül zu Mute, als sie sich dieser Einsicht nicht mehr verschließen konnten. –
Und den Wurmgeistern ward die Fahrt sehr lang.
»Steigert Eure Kräfte!« riefen sie sich gegenseitig zur Ermunterung zu.
Aber ihre Kräfte ließen sich nicht mehr steigern.
Ein Kugelstern wurde nach dem andern genommen – doch die Kugelsterne wurden immer größer – und es dauerte immer länger, eh die Maschinen an einem der ungeheuren Sternleiber vorbeikamen.
Und es ergriff die armen Geister eine maßlose Ungeduld; auf ihren Schultern begann es zu prickeln – den Geistern ward es immer schwerer, die alte Sternschwere auf ihren Schultern zu ertragen.
Voll Sehnsucht starrten die Ungeduldigen zu den großen Kugelsternen hinüber.
»So sollen wir werden!«
»So sehen Götter aus!«
So sagten die Geister der Rennbahn.
Aber die Götter, die immer noch ihre Perlkronen aufhatten, bekamen allmählich Gesichter – ihnen wuchsen

scharfe Augen und Nasen und Bärte – und um ihren Mund begann es zu zucken.

Und plötzlich lachten die Kugelsterne grell auf, daß die Wettfahrer zusammenschraken.

Und viele Geister sprangen ab von den Maschinen und blieben zurück, denn sie verzweifelten daran, zur richtigen Zeit durchzukommen.

Die Maschinen hatten nicht gelitten; die Flügelschlitten und die Korbketten, die sich immerzu überschlugen, behaupteten abwechselnd wie am Anfange die Führung – die Bahnzüge rasselten unaufhörlich weiter, daß die Funken nur so stoben – die Luftschiffe knallten auch jetzt noch ihre Schüsse in die Alleeluft – die Stelzmaschinen trabten unermüdlich weit ausgreifend dahin, und die geflügelten Räder drehten sich polternd und schwankend wie bisher, und die durchsichtigen Kugeln, in denen so viele Geister saßen, rollten auf ihren Schienen so gleichmäßig weiter, als wenn nichts los wäre – und die Harpune tat ihre Schuldigkeit – und die Kühlapparate taten ebenfalls ihre Schuldigkeit. – – – – – – – – – – – – – – – – – –

Trotz alledem waren die Geister müde geworden und wollten bald sämtlich nicht mehr weiter fahren.

»Es hat ja keinen Zweck!« riefen sie gähnend und händeringend und ohne jedwede Spannkraft.

JAHRE HATTEN SIE GEBRAUCHT, UM BIS ZUM siebenunddreißigsten Alleestern zu gelangen.

Und schneller fahren konnten sie nicht.

Da ging denn ein gellender Pfiff durch die lange, lange Allee.

Die Wurmgeister blickten erstaunt auf.

Die Gesichter der Kugelsterne wurden dunkler und dunkler und zuletzt ganz schwarz.

Und plötzlich machten alle Kugelsterne gleichzeitig eine halbe Wendung nach rechts – und die Rennbahn brach unter betäubendem Donnergeknarr durch und durch entzwei.

Sämtliche Maschinen fielen gleich mit durch und sanken in die Tiefe. Und die Wurmgeister fielen aus den Maschinen und Wagen raus nach oben, da das Eisen schwerer ist als der Geist; einzelne Maschinen ließen allerdings ihre Geister nicht los.

Und in diese große Katastrophe blendete eine zweite Brillantensonne hinein, die noch größer war als die erste.

Und abermals sahen die Geister unzählige glitzernde Spinngewebefäden, die nun alle nach oben zu den fortziehenden Kugelsternen hinaufführten.

Die Wurmgeister fielen immer tiefer – immer tiefer – hinab.

»Aha!« sagte Knipo, »unsre Sterne lassen uns nicht los!«

Und die unzähligen Spinngewebefäden glitzerten in unzähligen Farben.

EIER!

DAS WOGTE HIN UND HER UND SCHIEN LOS zu wollen und schien nicht los zu können.
»Das ist das alte Lied des Lebens – es kann sich alles nicht loslösen von dem anderen – und es paßt alles nicht zusammen.«
So sprachen die Geister, während sie immer tiefer in den Nebeln der Welt versanken – in den Nebeln, die hin und her wogten und nicht fortkonnten.
Und während die Geister glaubten, wieder im Unergründlichen zu sein, zog alle Freude von ihnen fort.
Und es bildete sich eine harte Kruste um ihr ganzes Wesen.
Und diese Kruste ward den Geistern sichtbar – aber sie konnten durch die Kruste durchsehen wie durch Glas.
Und es berührte die Geister nichts mehr; das ganze Durcheinander der Weltnebel ward ihnen zum Bilderspiel; die Glaskruste ließ nichts näher an die Geister ran.
Mittlerweile wölbte sich eine jede Glaskruste und erhielt die Form von großen Eiern.
Als das die Geister bemerkten, sagten sie seufzend: »Na ja, nun dachten wir schon, bald mal Götter zu werden – und nun sind wir wieder bloß die reinen Eier. Aller An-

fang ist schwer. Aber daß der Anfang immer wiederkehrt, ist noch schwerer zu ertragen.«
Müde bewegten sich die Nebelschleier.
Die Geister in ihrer Verkapselung sanken tiefer und stürzten in ein großes Meer.
Es staken grade zehntausend Geister in den Glaseiern nicht mehr. –
Jetzt wirbeln die Wassermassen durcheinander – wie Viehherden, in die der Blitz schlug.
Und die zehntausend gehen unter in den aufgeregten Wassermassen und glauben, daß jetzt bald alles vorbei sein wird – das ganze lange Leben.
Aber die eiförmigen Glaskrusten halten auch das Wasser von den Geistern ab, daß sie ruhig weiterleben können, obschon sie sich nicht bewegen können – wie Gelähmte.
Die zehntausend bleiben leben, doch sie haben keine Freude am Lebenbleiben.
Die Glaseier sinken in ein helleres Wasserreich, in dem bandwurmlange dickköpfige Schlammschlangen umherschwimmen; die Schlangenkörper sind stellenweise von topasartig leuchtenden Gewändern umgeben, die sich zierlich aufbauschen und sich anschmiegen in gewundenen knittrigen Faltengebilden an die Schlangenhaut.
Die Faltengebilde, die knotenartig an vielen Stellen des Schlangenleibes haften, leuchten wie Topase, hinter denen Licht ist.
Die zehntausend wissen nicht mehr, ob sie steigen oder sinken.
Knipo, jener Geist, der nie recht weiß, ob er sich ärgert oder sich freut, befindet sich ebenfalls in einem Glasei.
Die Geister bemerken es schmerzlich, daß sie sich nicht

bewegen können – die Glaskruste ist so fest – und schließt jetzt auch den Mund.
Verworrene dumpfe Töne dringen durchs Wasser – als kämen sie aus weiter Ferne.
Die Glaseier schwimmen so ruhig wie hohle Steine – die Schlammschlangen bleiben ziemlich weit ab – zu denen gesellen sich glatte Seestiere mit dicken gelben Augen und dicken gelben Entenfüßen; die Seestiere werden aber scheu und gehen auf die Schlangen wütend los und zerreißen mit ihren hakigen Hörnern die leuchtenden Topasgewänder, daß die Fetzen nur so rumwirbeln. –
Und Flundermänner bliesen dazu auf großen Panzerschnecken einen Parademarsch, der den Geistern sehr gedämpft und klimprig klang. Die Flundermänner hatten ganz lange steife Hälse und braune Würfelköpfe und Flunderleiber, die so schlapp wackelten wie faule Fische; die Würfelköpfe sahen dagegen so fieberhaft erregt aus, daß sie Angst einflößten.
Und umgestülpte graue Töpfe schwammen herzu; in den Töpfen staken am Schwanz festgebundene Aale; die Aale verursachten gleichsam als Klöppel einen dumpfen Glokkenlärm, der die Nervosität ins Bestialische steigern konnte; mancher Topf ging durch einen Aalkopf entzwei, und die geborstenen Topftöne machten den gedämpften Glockenlärm so unheimlich wie blutbefleckte Leichen.
Und alte Priester fielen samt jungen Soldaten zwischen die kämpfenden Stiere und Schlangen, die gleich Platz machten; viele Töpfe wurden dadurch heftig zur Seite gegen die Flundermänner geschleudert, daß vielen von diesen der steife Hals durchbrach; viele braune Würfel-

köpfe sanken mit ihren Panzerschnecken am Munde rasch in die Tiefe.
Und stille Seesterne kreisten um die Soldaten und die Priester rum. Und die Seesterne machten einen so friedlichen Eindruck.
Knipo sagte: »Die Seesterne sind gut!«
Doch seine Stimme war nicht zu hören; die Glaskruste ließ die Geisterstimme nicht mehr durch, obwohl der greuliche Topflärm und das klimprige Trompeten der Flundermänner noch als dumpfe Radaumusik von den Geisterohren empfunden wurde.
»Was soll das?« fragten sich die Geister fortwährend – sie wurden ganz wirr im Kopf; es hob sich die Feierlichkeit der Priester so merkwürdig von dem trivialen Getue der Soldaten ab, und die stillen Seesterne bewahrten eine so unnatürliche Ruhe vor den grauen Töpfen.
Die Flundermänner bliesen unaufhörlich ihre zimperliche Marschmelodie, nach deren Takt die Schlangen und Stiere kämpften – so pausenlos, daß es einfach blödsinnig wirkte; daß die Töne nur gedämpft von den Geisterohren aufgenommen wurden, machte ihnen das wirre Lebensbild nicht sanfter.
Und die Fetzen der Topasgewänder leuchteten dazu, daß auf dem wüsten Gedränge ein durchdringender Glanz bebte, der so angriff – wie der Glanz gestorbener Träume, wenn er sich vermischt mit dem Glanz wahnsinniger Rauschgebilde, die so alt sind.
Die Glaseier warfen den Glanz heftig zurück, daß von den Geistern ein Licht ausging – wie von trunknen Todeswonnen.
Und dieser Glanz und dieses Licht krallte sich in diesen

großen Wirrwarr mit Gespensterfingern so schmerzhaft tief hinein.
Bildschöne Kinder mit widerlichen gelben Weibermasken im Arme sanken auch in die glänzenden Wassermassen; jedes Kind sah so lustig aus wie ein Reiterleben.
Und ganz feine lange Säulen, die ziseliert und durchbrochene Arbeit waren, schwammen oben wie ein großer Heringsschwarm vorüber; fette Kröten krochen auf den Säulen auf und ab im gleichmäßigen langsamen Kriecherschritt.
Jede Säule war anders als die nächste und oft so köstlich wie ein flinkes Pferd.
»Was soll das?« fragten sich die Geister, während sie mit den Achseln zucken wollten.
Und große langsam sich bewegende Strudel entstanden, die alles umeinander wirbelten und auch die lichtsprühenden Glaseier ergriffen und hineinzerrten in den seltsam glänzenden Wirrwarr, den keiner verstand.
Doch trotz allem Regelhohn bewegte sich alles so, daß die Geister weltferne Rhythmen zu fühlen glaubten.
Und Nixen sprangen plötzlich in das glanzumwirbelte Strudelreich.
Und die Nixen bewegten sich wie schlanke Tänzerinnen – und es zuckte so viel Spott durch ihre Bewegungen, die nur so leise an Tänze erinnerten.
Ihre Finger ahmten den Takt nach, in dem die Schlangen mit den Stieren kämpften, und die langen flossigen Fischbeine der Nixen bewegten sich, wie sich die Aale in den Töpfen bewegten. Und die anderen Bewegungsspiele in den Strudeln versuchten die Nixen ebenfalls nachzuahmen.

Und die Geister verstanden das Getue der Nixen nicht im mindesten.
Und die Geister konnten nicht fragen; das Eiglas verschloß ihnen den Mund.
Indessen – nun senkte sich in die Geister eine neue Neigung: sie wollten unwillkürlich tun, was die Nixen taten – auch wie diese die Bewegungen, die sich in den gemächlich kreisenden Glanzstrudeln entfalteten, nachahmen.
Das ging nun zwar nicht – des Eiglases wegen – dafür ging jedoch was andres: sie konnten das Strudelreich, das jetzt nur noch ganz langsam kreiste, allmählich ein bißchen verstehen; es bewegte sich der ganze Krempel so wundervoll.
Und die Nixen lachten und sprachen, daß es dumpf hallte – wie in fernen Kellergewölben: »Ihr lacht Euch scheckkig, wenn Ihr den ganzen verworrenen Hexensabbat des Lebens nur als Bewegungsspiel nehmt. Es macht irrsinnig, wenn man alles für tiefsinnig halten möchte. Das Tiefsinnige muß sich doch immer, um als solches zu gelten, aus einer Fülle von Flachsinnigem herausheben können. Darum laßt das Tiefsinnige seitwärts stehen und nehmt zunächst mal alles bloß als Bewegungsspiel, so werdet Ihr die Welt besser begreifen als bisher.«
Knipo wurde sehr ärgerlich.
»Hier baumelt ein Rettungsanker für die Flachköpfe!«
Also wollte er rufen, leider vermochte er nicht, sich hörbar zu machen.
Die Worte der Nixen, die sich jetzt ins dunkle Wasser zurückzogen, wirkten aber nach, und viele Geister gaben zu, daß das Reich der sinnverwaltenden Vernünftigkeit

immer nur klein sein dürfte, denn wenn's überall zu sehen und zu haben wäre, so wär's doch gleich was Gewöhnliches.
»Das Gewöhnliche muß aber grundsätzlich vermieden werden!« sagten sie eifrig.
Und die Wassermassen wurden ruhig.
Und nun zog der Glanz fort aus dem ruhigen Wasserreich – und der Wirrwarr darinnen wurde grau und farblos – und die Gestalten schrumpften zusammen und sahen elend und ärmlich aus, obgleich sie sich im ganzen genommen lebhafter bewegten als bisher.
Und abermals erschienen die Nixen.
Und abermals ahmten die Nixen das Bewegungsspiel der Schlangen, Stiere, Soldaten, Aale und Priester – Töpfe, Seesterne, Flundermänner, Kinder, Säulen und Kröten nach.
Und die Geister verstanden das Nixenspiel; sie empfanden als richtig, daß auch der Reichtum an Glanz und Farbe nicht als solcher fühlbar werden könnte, wenn er überall zu sehen und zu haben wäre – und daß das Bewegungsspiel farbloser Massen nicht weniger reizend wirke – wie das der farbenreichen und glanzvollen.
»Im Farblosen«, wollte Knipo sagen, »wirken die Bewegungen als solche noch viel mehr.«
Und die Geister bedauerten, daß sie sich nicht so bewegen konnten wie die Nixen.
Die Geister hatten sich aber allmählich an den durchgerührten Lebenspunsch mit seinem Wirrsal gewöhnt und schwammen ganz munter drinnen herum.
»Man muß sich an die Welt nur gewöhnen – nur gewöhnen – und nicht immer höhnen.«

Diese Worte hätten sie gerne laut ausgesprochen.
Sie merkten aber währenddem, daß allmählich alles so recht schmutzig wurde – so recht unanständig – gemein und ekelhaft.
Trotzdem blieb das Bewegungsspiel so reizvoll wie bisher.
Die Nixen riefen – in gedämpften Baßtönen: »Ja – ja – das Anständige muß auch seinen Hintergrund haben, sonst wird es gewöhnlich.«
Knipo fand, daß die Verworrenheit einen ganz neuen Reiz durch die schmutzigen Elemente erhielt; er hätte so gerne gesagt:
»Glaubt doch den Nixen nicht ein einziges Wort! Die Geschichte wird tatsächlich immer köstlicher, obgleich sie schmutziger wird. Der Schmutz macht ja das Bewegungsspiel so schrecklich reich, er braucht wirklich nicht entschuldigt zu werden.«
Die Nixen wurden nun leider so scheußlich schmutzig – so voll Schlamm und Unrat –, daß sie – scheinbar aus Scham – wieder im dunklen Wasser verschwanden.
Und die Geister bemerkten über sich ein helles weißes Licht.
Und sie kamen an die Oberfläche des Meeres – obgleich sie geglaubt hatten, daß sie immer tiefer runterkämen.
Das Meer war so weiß, als wäre weiße Kreide drin aufgelöst.
Und der alte Himmel war gelb wie frische Butter.
Und die Geister stiegen in den Himmel empor wie Luftballons.
Und die Glaseier lösten sich oben auf und fielen tropfend

in das Kreidemeer hinein – das Kreidemeer zischte. Und die zehntausend konnten sich wieder bewegen und atmeten auf.

LUST!

GEISTER, DIE SICH LANGE NICHT BEWEGEN konnten, bewegen sich wieder.
Und jetzt wollen sie wieder selbständig werden, um noch anders die Welt genießen zu können; nicht hoffen sie mehr, Götter zu werden – doch sie hoffen immer noch, was andres zu werden.
Und wenn sie was andres geworden sind, dann wollen sie erst mal wieder genießen – anders genießen – anders – eine andre Welt.
Alles Göttliche wird im fernen Hintergrunde auch immer wieder anders – bald größer und bald kleiner.
Und während sich die Geister recken und drehen und den Kopf nach allen Seiten biegen, sehen sie, wie im weiten gelben Himmel unzählige blutrote Sterne aufleuchten.
Doch die blutroten Sterne stehen nicht still; sie fliegen herum, wie Fliegen im Sonnenschein hin und her zucken – und nur zuweilen fest bleiben in der Luft, um noch heftiger hin und her zu zucken.
Beim Anblick der zuckenden Sterne glauben die Geister, daß sie fühlen, wie ihre Selbständigkeit langsam aufkeimt, und ihnen wird so stolz zu Mute, als wenn sie flott in die Unsterblichkeit segeln dürften.
Die Geister gruppieren sich kegelförmig, so daß sie zusammen eine runde nach unten offene Tüte bilden. Hoch oben auf der Spitze steht Knipo.

Mattgrau sind die Geister, ihre Gewänder werden steif und kriegen grade regelmäßige Falten; die Köpfe heben sich höher, so daß die Hälse länger werden. Die Hälse werden sehr beweglich, und auf den Köpfen bilden sich glänzende Opalaugen, so daß die Geister viel mehr sehen als bisher.

Die Geistertüte dreht sich – ganz langsam.

Und am gelben Himmel, in dem die blutroten Sterne immerzu hin und her zucken wie Fliegen im Sonnenschein, entwickelt sich ein buntes Lampenfest, was sehr seltsam wirkt, da's ganz hell bleibt.

Zunächst entstehen weiter unten ringsum in der Runde große hellblau leuchtende Pyramiden; sie bilden einen weit abstehenden Pyramidenkranz um den runden hohlen Fuß der Geistertüte.

Und über den hellblauen Pyramiden entstehen dunkelblaue Riesenoktaeder; diese bilden einen noch weiter abstehenden Kranz, der sich noch tiefer in den gelben Welthimmel hineinschiebt.

Und aus diesen unteren hellblau und dunkelblau leuchtenden Lampenkränzen schießen hellgrüne und dunkelgrüne Raketen hoch in die gelbe Himmelshöhe und bleiben und vereinen sich in einem dicken Punkte hoch, hoch über Knipos Kopf, daß die Geister die Empfindung haben, sich inmitten einer Kranzkrone zu befinden.

Und die hellblauen Pyramiden und die dunkelblauen Oktaeder drehen sich unten, und mit ihnen drehen sich die hellgrünen und dunkelgrünen Raketen. Die Raketen bestehen aber aus lauter leuchtenden kleinen Kugeln, die sich auch drehen und wie hellgrüne und dunkelgrüne Perlen schimmern und spiegeln.

Zwischen den grünen Raketen zucken noch wie anfangs auf dem gelben Himmelsgrunde die blutroten Sterne wie Fliegen im Sonnenschein hin und her.

Und dieser sich drehende Raketenkorb verwirrt die Geister, die mit ihren Opalaugen in der Mitte stehen wie eine schlanke Kirchturmspitze.

Es ist aber sehr still im weiten All.

Und Knipos Stimme erschallt und sagt laut von oben herunter: »Wohl dem, der sich niemals wundert über die Wunder der Weltbewegung. Wohl dem, der ruhig alles hinnimmt wie ein Geschenk – und nicht mehr haben will. Und ich weiß, daß es Geister gibt, die so viel haben, daß sie gar nichts damit anzufangen wissen – und dennoch immer mehr haben wollen. Ich weiß das und wundre mich auch darüber nicht.«

Knipos Stimme hallt weithin – wie die Stimme eines Predigers in der Wüste.

Die Pyramiden, die Oktaeder und die Raketen bleiben wohl an ihrer Stelle – aber sie drehen sich ohne Unterlaß vor dem gelben von roten Sternen durchzuckten Himmel um sich selbst.

Und helle weiße Sporen, die Sicheln ähneln, springen überall aus den hellgrünen und dunkelgrünen Raketen heraus.

Und die weißen Lichtsicheln machen alles so furchtbar hell, daß die gelben, roten, blauen und grünen Farben fast dunkel erscheinen – und daß wieder die Spinngewebefäden, mit denen die Geister an ihre Sterne gebunden sind, sichtbar werden.

Die Fäden glitzern im hellen Licht und gehen nach allen Seiten durcheinander; sie gehen auch nach oben und nach unten – kreuz und quer.

Und die Fäden glitzern so perlmutterbunt im hellen weißen Sichellicht.
Und die Raketen recken sich höher und höher empor, daß sie auch zusammen einen runden Kegel bilden, dessen auch schlanke Spitze eine unermeßliche Höhe erreicht.
Und nun dreht sich dieser ganze Raketenkegel wie die Geistertüte langsam um sich selbst. Und dabei drehen sich auch noch die einzelnen Raketen um sich selbst, daß die weißen Lichtsicheln nur so blitzen.
Die blauen Pyramiden und Oktaeder drehen sich mit dem Raketenkegel mit und auch noch um sich selbst – um sich selbst drehen sie sich noch schneller als bisher.
Und alles dreht sich allmählich immer schneller, daß die Geister den gelben Himmel mit den roten Sternen bald nur noch als zuckende Streifen empfinden.
Und die Geister können dieses sich drehende Lichtspiel nicht verfolgen – trotzdem sie so viele Opalaugen haben.
Und sie wollen doch das farbige Lichtspiel – dieses himmlische Lampenfest – genießen – und sie können's doch nicht fassen – es geht ihnen alles um und um.
Und trotzdem erfüllt das Lampenfest die ganze Geistertüte mit wundersprühender Lust.
Und Knipos Stimme wird nochmals oben hörbar – sie sagt jetzt etwas hastig: »Grade das Verwirrende erzeugt doch den Gipfel aller Lebenslust. Grade dort, wo wir nicht mehr folgen können, fängt der große Rausch an, der uns ganz und gar durchglüht.«
Da fragt eine kleine wispernde Stimme aus der Geistertüte: »O Knipo, sage bloß, wo hast Du alle Deine Weisheit her?«

Knipo erwidert nach einer Pause melancholisch: »Das weiß ich nicht.«
Und dabei erinnert er sich an leuchtende Nixen und an ein Bahnwagenverdeck, an rasselnde Schienen und lachende Kugelsterne – aber seine frühere Zeit erscheint ihm ganz voller Nebel.
Leise fragt er: »Was war ich, als man von der großen Wettfahrt noch nichts wußte?«
Und wieder wispert's aus der Geistertüte heraus und spricht kichernd: »O Knipo, Du wirst wohl geölt haben – die Maschinen.«
»Nein«, tönt's von oben zurück, »ein schwarzer Diener war ich nicht. Ich glaube jetzt aber zu wissen, woher wir alle unsre Weisheit her haben: von den Sternen, an die wir immer noch gefesselt sind, müssen wir unsre Weisheit her haben.
»Haben wir«, fragt da wieder unten eine kichernde Stimme, »auch unsre Dummheit von den Sternen her?«
Und Knipo entgegnet zum zweiten Male melancholisch: »Das weiß ich nicht.«
Die Raketentüte dreht sich langsamer und wird wieder durchsichtig – und goldene und silberne Schlangen ringeln sich um die grünen Raketen und lassen sich herunter und schnappen nach den dunkelblauen Oktaedern und nach den hellblauen Pyramiden.
Und die Geister der Tüte erinnern sich an lauter verworrene Geschichten, die sie früher mal erlebt zu haben glauben – und die Geschichten ringeln sich wie Schlangen um ihren Hals – und die Luft wird ihnen verwirrend.
Und sie wollen das Verwirrende abschütteln und darum

wieder selbständig werden, da sie glauben, daß die Selbständigkeit alles klar und übersichtlich machen müsse.

Und die Geister verfluchen die unzähligen Spinngewebefäden, die sie nicht zerreißen können – die so dehnbar sind – und die sich jetzt teilweise um die goldenen und silbernen Schlangen wickeln; währenddem fühlen die Geister, daß ihr Hals wieder frei wird und die Luft besser.

Doch Knipo wird höhnisch und ruft hart durch die stille Luft: »Wenn ich nicht irre, sind selbständige Leute gar nicht fähig, zu genießen. Jedenfalls kann die Selbständigkeit den Genuß nicht erhöhen. Der eigentliche Genuß beginnt immer erst da, wo die Klarheit aufhört – das ist nun mal meine Meinung. Wo aber die Klarheit aufhört, kann von Selbständigkeit nicht mehr viel die Rede sein. Demnach bin ich wohl im Recht, wenn ich behaupte, daß die selbständige Herrlichkeit eine wenig erbauliche Sache ist.«

Da werden die Geister so wütend wie alte Hetären und reden alle übereinander weg wie Kinder, die aus der Schule kommen.

Schließlich bringt eine rauhe Stimme den Lärm zum Schweigen und sagt zornspritzend: »Knipo, Du erlaubst Dir da oben, lauter dummes Zeug zu reden und das für Weisheit zu erklären. Deine alte Manier! Aber wenn wir diese Lichteindrücke nicht in uns aufnehmen können, werden wir sie nicht genießen. Was sollen wir mit der Verworrenheit anfangen? Was nützt es uns, wenn uns die ganze Welt ewig und immer als ein großes sinnloses Lichtspektakel erscheint?«

»Hoho!« ruft da Knipo hoch oben, »nur die Gebrechlichkeit unsrer Aufnahmefähigkeit ist der Grund aller Weltverworrenheit. An unsern Sinnen liegt es, daß uns die Welt so verworren erscheint – die Welt selbst ist es gar nicht.«

»Aha!« wispert da wieder eine kleine Stimme in der Geistertüte, »also haben wir doch Ursache zu wünschen, daß sich unsre Sinne verändern. Es muß wahrhaftig alles anders werden – vergöttlichen müssen sich unsre Sinne! Ich werde schon zufrieden sein, wenn bloß meine Sinne göttlich werden – ich selbst will schon ruhig bleiben, was ich bin.«

Das Lichtfest ist so still, obgleich sich die Raketentüte mit den Schlangen, Pyramiden und Oktaedern allmählich wieder schneller dreht.

Und Knipo sagt langsam: »Vielleicht sind unsre Sinne bloß deswegen so unvollkommen, damit wir nicht alles auf einmal aufnehmen. Wir müssen uns doch was für spätere Zeiten aufbewahren. Vielleicht werden unsre Sinne immer vollkommener. Die Weltbilder sollen uns wahrscheinlich erst allmählich in ihrer ganzen Großartigkeit zugänglich werden.«

Da lachen sehr viele Geister in der Tüte laut auf und schreien: »Das ist ja grade unsre Meinung schon seit Olims Zeiten! Deshalb wollen wir doch Götter werden!«

Und alle rufen zusammen mit ihrer ganzen Lunge: »Wenn wir doch erst Götter wären!«

»Wenn wir doch erst Götter wären!«

Knipo aber spricht ärgerlich: »Ihr scheint den Wert der Gegensätze nicht zu begreifen. Die besten Sinne sind für uns so gut wie wertlos, wenn wir nicht die weniger guten kennengelernt haben. Ihr wollt, daß alles gleich vollendet da sei – während doch die langsame Entwicklung zum

immer Besseren viel köstlicher ist als das Beste ohne Gegensatz und ohne Entwicklungsfähigkeit.«
Die Geistertüte steht still – und die Raketentüte steht auch still.
Und die kleine wispernde Stimme ruft so laut, daß es energisch klingt: »Wir sind auf der wilden Jagd nach dem großen Diadem der Gottheit, und Knipo soll uns nicht in die Zügel fallen.«
Die weißen Lichtsicheln werden von den silbernen und goldenen Schlangen verschlungen.
Und es wird den Geistern vor ihren Opalaugen alles sehr dunkel.
Die Fäden verschwinden in ein paar Augenblicken.
Und die Raketentüte steigt mit den Schlangen, Oktaedern und Pyramiden hoch empor und wird bald unsichtbar oben in der dunkleren Höhe.
Der Himmel wird ganz schwarz in ein paar Augenblikken.
Jetzt aber leuchten die Geister selber und erschrecken, wie sie sich so leuchten sehen.

THEATER

GEISTER, DIE LANGE ZUSAMMEN WAREN, ERkennen sich plötzlich nicht wieder; sie sind ganz verändert; ihr Rumpf ist fort, und ihr Kopf besteht nur noch aus zwei kleinen Ohren und unzähligen Opalaugen.
Eine schlanke Geistertüte von regelmäßiger Kegelform ist zu einer Opalaugentüte geworden.
Die Opalaugentüte leuchtet wie faules Holz; die Ohren der Geister ähneln dunklen Perlgebilden, die aber das gleißende Opalisieren der Geisteraugen nicht stören.
Vom Fuß der gleißenden Tüte, die wie die ungeheure Glanzspitze einer verborgenen Pickelhaube hoch in den dunklen Himmel emporragt, geht jetzt nach allen Seiten flach ansteigend ein grünes Moosland trichterförmig in die Höhe und bildet eine ungeheure runde flache Schale – eine grüne Mooslandschale –, in deren Mitte die Geisterspitze steht – wie der Schirmstock in einem umgekehrten offenen Regenschirm.
Doch die Mooslandschale ist nicht gewölbt.
Der Himmel, der so lange dunkel war, wird hell – weiße Wolken machen den Himmel hell –, der ganze Himmel besteht bald nur aus sehr hoch gestiegenen weißen Wolken, die klein aussehen – wie ganz kleine Lichtblüten.
Die Opalaugen der Geister sehen nach allen Seiten und sehen alles anders als sonst – sehen wie durch unzählige

ganz feine durchsichtige Schleier, die von den Bildern der Welt nicht fortnehmen, sondern zutun.
Und ganz langsam dreht sich die spitze Tüte – die Drehung ist kaum merklich.
Und Riesenpilze wachsen aus dem Moosboden heraus.
Die Riesenpilze kriegen oben sehr dicke blaugraue Köpfe mit langen wächsernen Nasen. Und andere Pilze, die neben den bekopften wachsen, kriegen oben Hände mit dicken rosafarbigen Fingern. Und diese Finger legen sich an die wächsernen Nasen. Und da tun sich die breiten Mäuler der Pilzköpfe auf und reden unverständliche Worte.
Doch in der Mitte die Geister mit den feinen Perlenohren verstehen einzelne Sätze – so diese: »Der dicke Rausch hat uns geboren!«
»Wir sind die grandiosen Symbolika des Rausches.«
»Wir allein verstehen den Rausch, weil wir selber Rausch sind – und weil sich der Rausch nur selber verstehen kann.«
Und ihre Köpfe werden ganz unförmlich.
Ein grünlicher Schimmelpilz mit gelben Flecken, aus dessen Schädel spiralförmige, bleiartige Blätter herauswachsen, sagt bedächtig: »Gibt es eine berauschendere Sache als die vollkommene Rauschlosigkeit? Die könnte doch der Gipfel der Selbständigkeit sein! Ja! Es ist das nicht unmöglich!«
Und ein andrer Pilz, dessen Kopf wie ein altes verfallenes Felsentor aussieht, fragt leise: »Liebe Rauschbrüder, wißt Ihr vielleicht, ob wir im Streben nach dem Rausch mehr nach höherem Bewußtsein oder mehr nach Bewußtlosigkeit verlangen? Läge uns an dieser, so müßte uns die

Selbständigkeit sehr egal sein. Andernfalls wär's vielleicht anders.«

Es ertönt keine Antwort.

Nach langer Pause spricht die klappernde Stimme eines schwarzen Keulenpilzes: »Denken wir nur, um berauscht zu werden? Oder – werden wir nur berauscht, um denken zu können?«

Und ein andrer Pilz, der blaue Krebsscheren statt der Haare auf dem Kopfe hat, sagt in langgezogenen Tönen, während seine Radaugen furchtbar rollen: »Wir sind heute wieder so recht nüchtern. Das macht wahrscheinlich das viele Denken. Wollen wir denn den Rausch begreifen? Der sieht ja täglich anders aus. Chamäleon!«

Und die Pilze schwanken und steigen mit ihren Fadenwurzeln aus dem Boden und gehen wackelnd hinauf zum fernen, fernen Mooslandsrande; mit den dünnen Wurzelbeinen kommen die Dicken nur langsam vorwärts.

Grüne Dämpfe steigen vorn auf.

Und die Pilze werden unsichtbar.

EIN WINDZUG – UND DIE GRÜNEN DÄMPFE SIND fort.

Knirschend steigen aus dem Moosboden durchsichtige Kristallsäulen heraus.

Astartige Arme wachsen den Kristallsäulen; die Arme sind auch Kristall und haben keine Hände – an Stelle der Hände entstehen Kristallköpfe mit lauter rechteckigen

Formen – auch die zwei Augen der Köpfe sind rechteckig.
Und die Kristallwesen unterhalten sich; es reden die sämtlichen Armköpfe einer Säule für gewöhnlich im Chore.
Die Geister der Tüte vernehmen die folgenden Reden und Gegenreden: »Meine Wenigkeit hat bislang erst zweitausend Entwicklungsprozesse durchgemacht. Aber ich würde nette Lügenmäuler haben, wenn ich behaupten möchte, ich hätte jemals in meinem langen Leben eine Ahnung davon gehabt, wohin mich diese ganze Entwicklung führen könnte.«
»Ist es denn nötig, daß die Endziele der Entwicklungsprozesse uns ganz klar wie Kristallsäulen vor Augen stehen? Ist es nicht genug, daß wir immer noch ein unbestimmtes Vergnügen daran finden, uns weiterzuentwickeln? Hätte die Entwicklung noch irgendwelchen feineren Reiz, wenn wir über die Endziele des ganzen Weltbestrebens völlig im klaren wären? Wären wir in diesem Falle nicht am Ende aller Weisheit und entwicklungsunfähig? Ist aber nicht grade die stete Entwicklungsfähigkeit die Krone der Lebenskraft und Lebenslust?«
»Alle diese köstlichen Fragen hindern uns nicht, Betrachtungen über die Entwicklung unsrer Kristallseelen auch fürderhin anzustellen. Für mich gibt es immer noch zwei Kardinalfragen: Entwickeln wir uns zur Selbständigkeit, wenn wir immerzu anders werden – oder entwickeln wir uns tatsächlich zu unbestimmbaren Größen? Nach meiner Meinung müßten wir bald so weit entwickelt sein, um eine dieser beiden Fragen ausmerzen zu können.«

Eine zitternde Stimme spricht nach einer Weile ganz allein: »Sind wir Geschöpfe, so gibt es auch Schöpfer, und sind wir selber Schöpfer, so müßten wir eigentlich mehr schaffen als bisher. Wir können auch schaffende Geschöpfe sein. Und wir können auch was andres schaffen – es brauchen nicht immer lebendige oder tote Geschöpfe zu sein. Wenn ich aber schaffen will – ganz gleich was –, so frage ich immer: was ist für die großen Schöpferstunden günstiger: der Wechsel der Lebensumstände oder die Gleichförmigkeit der Lebensumstände?«
In klingenden Chören tönt es zurück:
»Streben wir nach Ruhe oder nach Bewegung?«
»Wär's nicht besser, wenn ein Moment still stehen bliebe wie ein alter Träumer?«
Knirschend sinken die Kristallsäulen wieder in den Moosboden – und sind bald den Blicken der Opalaugen entzogen.

UND RIESIGE SCHACHTELHALMWÄLDER WACHsen in der großen Moosschale rasch empor – und die Wälder biegen sich und rauschen.
Und es tönt aus den Wäldern ein schwerer Gesang.
Und dann rufen die Wälder seufzend: »O Nebulosa! O Nebulosa! Wo weilst Du? Weißt Du denn nicht mehr, daß wir so schrecklich unselbständig sind und die Gesellschaft so nötig haben?« Und blaue Wolken wirbeln aus den Wäldern heraus, die blauen Wolken steigen höher und vermischen sich da mit lilafarbigen und orangefarbigen.

Und diese bunten Wolken umschweben die Wipfel der sich biegenden, rauschenden Schachtelhalmwälder.
Und die Wolken sprechen, ohne daß die Geister Mund oder Nase sehen: »Wir haben nun über alles nachgedacht und freuen uns über unser Nichtwissen viel mehr als über unser Wissen.« Die Wolken steigen höher.
»O Nebulosa!« rufen die Wälder.
»Die Nebulosa«, tönt's nun von oben herunter, »ist ein einziges Wesen und besteht doch aus sehr, sehr vielen Wolken; die Nebulosa glaubt, daß es ihr gar nicht mehr behagen könnte, andre Wesen für klüger zu halten als sich selbst; die große Nebulosa, die eigentlich gar nichts weiß, will auch nichts mehr wissen – piept opp die olle Weisheitstinte.«
»Recht schade!« sagen die Schachtelhalmwälder, »wir hätten so gerne gewußt, was uns angenehmer sei – das Licht oder die Finsternis.«
Da blitzt es heftig in den bunten Wolken.
Aber die Wälder schweigen nicht; während die Schatten der Wolken über den Wipfeln hin und her huschen, fragen sie: »Zieht das Aufgeben des Ichgefühls Mangel an Bewußtseinsempfinden nach sich?«
Noch heftiger blitzt es in den Wolken.
»Sind wir lebenskräftiger«, fragen die Schachtelhalmwälder weiter, »wenn wir uns als ein Ich fühlen – oder wenn wir jedes Ichgefühl aus Hochachtung vor dem Ganzen, zu dem wir gehören könnten, unterdrücken?«
Da schlagen die Blitze in die Schachtelhalmwälder, daß die aufflammen und sich im nächsten Augenblick in Staub verwandeln.
Die blauen Wolken mit den lilafarbigen und orangefarbigen Flecken steigen hell blitzend immer höher und rufen

aus der Höhe herunter: »Die Nebulosa verlacht das Ichgefühl – und vernichtet das Ichgefühl.«
Und oben verfliegen die bunten Wolken, so daß keine Spur von der Nebulosa übrigbleibt.
Wieder leuchten die kleinen weißen Wolken.
Den Geistern der Tüte treten Tränen in die bunten gleißenden Opalaugen, so daß sie funkeln wie Tautropfen im Sonnenglanz.

UND MIT MÄCHTIGEM GEPOLTER WACHSEN RIEsige rote Berge durch den Schachtelhalmwälderstaub.
Und die roten Berge sind von glitzernden Flüssen durchzogen, die sich wie seidene Bänder um die Gipfel der Berge schmiegen. Zinnoberrot sind die Berge – und die Flüsse so wie Silber – wie Quecksilber – auch so beweglich.
Und aus den roten Bergen werden große lachende Riesenköpfe, die sehr gutmütig schmunzeln.
Und die silbernen Flüsse umschlingen den breiten Hals der Bergriesen und gehen oben ins Haar der Bergriesen und bewegen sich wie flüssige Schlangen und flüstern schmeichelnde Worte ins Ohr der Bergriesen.
Und dann fangen die Flüsse zu fragen an wie gute Kinder – sie wollen so gerne was wissen – sie wollen was von den Göttern wissen.
»Ist die Zahl der Götter, die, wie wir wohl wissen, auch Sterne genannt werden, wirklich gar nicht auszusprechen?«

Also fragen die schmeichelnden Schlangen, und die roten Riesen antworten: »Die Zahl der Götter ist nicht einmal auszudenken – es gibt gar nicht so viel Platz, um die Zahl aufzuschreiben – die Unendlichkeit ist für die Zahl viel zu klein – die Götter überragen alles.«
Da wundern sich die Flüsse sehr, und ihre Wasser umplätschern die Stirn der Riesen.
Aber die Flüsse sind neugierig; sie wollen noch mehr von den Göttern wissen.
»Können die Götter«, fragen die Neugierigen, »wirklich machen, was sie wollen?«
»Ih, kein Bein!« erwidern schmunzelnd die Roten, »die Götter hängen wieder von andern Wesen ab, die viel größer sind als alle Sterne zusammen. Und diese Obergötter hängen wieder von Ober-Obergöttern ab usw. Alle haben immer noch einen Höheren über sich – es reißt gar nicht ab. Und dann sind alle – sowohl die einfachen Götter wie die oberen – durch unzählige dicke Taue aneinander gebunden – und hängen alle untereinander voneinander ab. Das alles solltet Ihr Euch mit Euern Eingeweiden in Euer Herz schreiben.«
Da zittern die Flüsse, denn sie können sich das alles gar nicht ordentlich ausmalen – so großartig erscheint es ihnen.
Sie wollen nun nur noch wissen, ob sich die Götter ebenfalls immer weiter entwickeln wie die Flüsse und Berge und all das Gewürm, das auf und in ihnen lebt.
Und zu dieser Frage nicken alle Bergriesen so kräftig mit den Köpfen, daß sich ihre Halsketten kaum festhalten können.
Und kopfnickend rutschen die roten Berge nach allen Seiten aufwärts bis in die weite Ferne zum Schalenrande, wo

sie immer kleiner werden und schließlich so klein sind, daß die Opalaugen nichts mehr von den roten Bergen mit ihren neugierigen Flußketten bemerken.
Und die Opalaugen können so weit sehen – nach allen Seiten zu gleicher Zeit.

SCHNEE FÄLLT AUS DEN WEISSEN WOLKEN – sehr viel Schnee, so daß die ganze Mooslandschale bis zum fernen Rande zum großen Schneetrichter wird.
Wie aller Schnee unten ist und die Opalaugen wieder weit herumblicken können nach allen Seiten, sehen sie einen dunkelgrünen Himmel und oben rings um den ganzen Schneetrichterrand große dunkelblaue Schmetterlinge mit goldenen Schnörkeln. Und alle diese Schmetterlinge sind aneinander gefesselt mit schweren eisernen Ketten, so daß sich die herrlichen Sammetfalter nicht bewegen können.
Die Schmetterlinge schreien: »Jetzt wollen wir uns eine Willensrichtung geben, denn das haben wir stets gewollt! Jetzt kann's losgehen!«
Es geht aber gar nichts los – die Schmetterlinge bilden ruhig weiter ihren Ring am Trichterrande.
Der Schnee schmilzt.

UND UNTER DUMPFEM GEPUFF SPRINGEN RINGS-um zackige alte Berge mit alten Burgen aus der immer noch sanft ansteigenden Mooslandschale, die jetzt wieder so dunkelgrün ist wie einst.
Und aus den Burgen springen Riesenfrösche heraus – und tanzen.
Und die Berge mit den Burgen tanzen mit.
Ganze Wälder entstehen im Hintergrunde, ballen sich zusammen und tanzen mit.
Kornfelder und Fahrstraßen entstehen vorn und tanzen mit. Und die Riesenfrösche brüllen in mehrstimmigen Chören: »Wollen wir denn frei sein?«
»Wollen wir denn frei sein?«
Und das tanzende Schalenreich wird furchtbar hell – und die Opalaugen der Geister sehen unzählige dicke Strippen, an denen die ganze tanzende Gesellschaft hängt.
Oben im dunkelgrünen Himmel werden auch dicke Fäuste sichtbar, die die Strippen halten und regieren.
Plötzlich sausen unzählige breite Schwerter vom Himmel herunter und funkeln vor den Opalaugen so heftig hin und her, daß die Geister glauben, vor ihnen entwickle sich der große Kampf der Unsichtbaren, die alles an ihren Strippen lenken.
Und bei dem Schwertgefunkel ist das lustige Hampelmannreich mit den Riesenfröschen bald nicht mehr zu entdecken.

DIE GEISTER DER TÜTE BEDAUERN LEBHAFT, daß sie infolge Mundmangels nichts zu sagen vermögen; die Schauspiele, denen sie beiwohnen dürfen, haben etwas Beklemmendes für die Tüte.

Die blinkenden Schwerter hauen sich allmählich gegenseitig kaputt und fallen fort.

Und das Hampelmannreich kommt wieder zum Vorschein. Während der Schwerterfehde sind aber noch große blaue Meere zu den Bergen, Burgen, Fröschen, Fahrstraßen, Kornfeldern und Walddistrikten hinzugekommen.

Die Strippen sind nicht mehr zu sehen, doch die Hampelei nimmt ihren Fortgang – und zwar mit erheblichster Vehemenz.

Die Geister sehen nach allen Seiten und werden nicht klug aus diesem Getanze; alles drängt sich den blauen Meeren zu, die mächtig rauschen.

Die Geister horchen mit ihren Perlohren und verstehen nach und nach, was geredet wird.

Die Frösche sagen: »Wir sind die großen Fragezeichen, und jetzt soll der große Kampf um die erlösenden Sätze beginnen. Die erlösenden Sätze haben die großen Antworten in sich. Und die Meere haben alle beide in sich – sowohl die Sätze wie die Antworten. Und diese beiden Dinge müssen wir den blauen schlauen Meeren entreißen. Das wird ein famoser Krieg!«

Und die Frösche springen in die blauen Meere hinein, daß es ein großes Geplumpse gibt.

Und dabei fragen diese Frösche lachend: »Was macht mehr Spaß als die Unwissenheit?«

»Fragen wir, um was zu wissen – oder fragen wir, um bloß zu wissen, daß das Wissen nur ein Wissen vom Nichtwissen ist?«

»Gibt uns das Wissen vom Nichtwissen nicht die größte Portion Selbstbewußtsein?«
Die Frösche tauchen unter; auf den dunkelblauen Meeren bildet sich viel weißer Schaum.
Und die Berge mit den Burgen drängen sich nun auch an die Meere und wollen ihnen ebenfalls erlösende Sätze abringen.
Die Meere werfen ihre donnernden Wogen den Bergen entgegen, daß der Schaum die Burgen bespritzt.
Und die Berge fragen ächzend: »Ist Denken mehr als Fragen?«
»Ist Denken und Fragen dasselbe?«
»Besteht unsre ganze Weisheit bloß aus großen Fragen?«
»Werden wir ewig bloß Fragezeichen sein?«
»Besteht vielleicht unser Glück bloß im Fragenkönnen?«
Und die Burgen fragen: »Gibt es eine Frage, die uns nüchtern machen kann?«
Die Meere ziehen, als wären sie verletzt, ihre blauen Fluten weit von den Bergen fort und bäumen sich hoch auf.
Und die Meere werden zu hohen Gebirgen.
Und jetzt gehen ihnen die Fahrstraßen nach und fragen heftig: »Wird uns das Außerunsseiende leichter bewußt als das sogenannte Ich?«
»Sind Welt und Ich bloß Traumspäße?«
»Ist überhaupt ein Wesen denkbar, das der Welt ins Herz sehen kann?«
Und wogende Kornfelder fragen: »Hat die Welt ein Herz?«
»Ist die Welt ein einziges Wesen – so wie ein Kornfeld?«

»Hat die Welt eine Haut?«
»Ist die Welt klüger als alles das, was in ihr lebt?«
»Kann ein Ding, das in der Welt lebt, mal ebenso klug oder ebenso dumm wie die ganze Welt werden?«
Die Wälder aber ballen sich wieder zusammen wie Igel und fragen knarrend: »Wenn wir fragen, ob wir selbst es sind, die da fragen – ist das denn wirklich die größte Frage?«
»Wenn wir fragen, ob wir selbst es sind, die da denken – ist das denn wirklich der größte Gedanke?«
Da spritzen die Meere ihre Fluten empor, daß es aussieht, als gingen Millionen Fontänen in die Höhe.
Und die Geister der Tüte vernehmen, wie die Meere ganz deutlich schimpfen und sagen: »Seid doch froh, daß Ihr so viel Vergnügen am Fragen findet. Ihr seid so naiv wie die patriotischen Krieger. Würden wir Euch Eure Fragen alle beantworten, so würdet Ihr nur auf neue Fragen sinnen müssen. Dieser Mühe sollt Ihr durch unser Schweigen überhoben sein.«
Da recken sich die Berge mit den Burgen, die Fahrstraßen und Kornfelder ganz hoch in die Höhe und wollen mit den Meeren kämpfen.
Aber den Meeren wachsen weiße Flügel in den Seiten.
Und die Riesenfrösche fliegen, während die weißen Flügel mächtig wachsen, in großen Bogen aus den blauen Fluten raus und fliegen mit solcher Wucht gegen die Berge und auf die Fahrstraßen, daß die lustigen Tiere platzen und elendiglich verrecken.
Und dann hauen die blauen Meere so heftig mit ihren weißen Flügeln um sich, daß die Berge zu Billionen Steinen zerschlagen werden, die die Frösche und Wälder, Fahrstraßen und Kornfelder ganz und gar überschütten,

so daß die Mooslandschale von oben bis unten mit Steinen übersät ist, als hätte es Steine geschneit.
Und die blauen Meere erheben sich und fliegen mit ihren weißen Flügeln wie Riesenvögel hoch empor zum Himmel.
Und die geflügelten Meere, in deren Wasserleibe die Fische herumschwimmen und die Korallen wachsen und die Seesterne mit den Austern kämpfen – diese geflügelten Meere werfen große Schatten hinunter, die viel, viel größer sind als Billionen Meere zusammen.
Die Opalaugen der Geistertüte können bald gar nichts mehr erkennen – so dunkel sind die großen Meeresschatten.

ABER AM FERNEN RANDE DER GROSSEN SCHALE, in deren Mitte die Tüte steckt, sehen die Opalaugen unheimliche Gespenster – die kriechen wie Spinnen über den Rand und kommen sachte heruntergekrochen.
Wie sie sich aber aufrichten, erschrecken die Geister der Tüte über die ungeheure Größe dieser Spinnen; sieben schrecklich lange Beine tragen einen Panzerrumpf; krinolinenartig stehen die Beine auf dem schrägen mit Steinen übersäten Boden der Schale.
Und der Panzerrumpf geht hoch in den Himmel hinauf, der jetzt so grau ist wie Blei und nicht sehr hell – und so seltsam gerippt erscheint, als gingen Röhren durch.
Die Gespenster haben oben einen ganz kleinen Kopf, in dem kaum die Augen zu unterscheiden sind.
Sieben riesig lange Arme haben die Riesenspinnen, und

in sieben knolligen Fäusten halten sie den Griff eines rostigen Bratenmessers, das gefährlich aussieht.
Und diese unheimlichen Gesellen klettern einander auf die Schultern, und die obersten berühren mit ihren rostigen Bratenmessern den bleigrauen Himmel – und schneiden nun vorsichtig große siebeneckige Stücke aus dem Himmel raus.
Und durch die siebeneckigen Löcher können die Opalaugen in ein großes, buntes Sternenall sehen, in dem es sehr hell ist.
Und die Opalaugen sehen, daß da die bunten Sterne mit bunten langen Stricken aneinander gebunden sind, so daß dieser Sternhimmel wie ein alter Winkel aussieht, in dem unzählige Spinngewebefäden Wustnetze bilden.
Und die siebenbeinigen Gespenster steigen mit ihren Bleihimmelstücken herunter und wollen mit dem himmlischen Gut davongehen nach hinten zum fernen Rande, wo sie herkamen.
Aber die Bleihimmelstücke drehen sich den langen Kerlen aus den Händen raus und schweben wie fliegende Swift-Inseln empor und schweben in der Luft herum.
Die Siebenbeinigen stehen ganz ratlos da.
Plötzlich aber fallen die Bleihimmelstücke den Siebenbeinigen auf den Kopf und drücken den Rumpf mit solcher Gewalt durch, daß unten die langen Beine wie Glas zersplittern.
Die Bleihimmelstücke schlagen aber gleich mit den Panzerrümpfen so tiefe Löcher in die Mooslandschale, daß die auch auseinander berstet und in großen Stücken in eine unbekannte Tiefe fällt.
Die Opalaugentüte bricht dabei um und fällt den Bleihimmelstücken und den Mooslandschalenstücken nach.

Und die Geister lösen sich voneinander los und fallen in ein dunkles Luftreich, in dem sie sich wieder verwandeln und seltsame Blumengerüche empfinden.

In dem dunklen Luftreich duften unsichtbare Blumen so stark, daß die Geister an ferne Vergangenheit denken müssen – und sich plötzlich an ein langes, langes Leben erinnern.

JAMMER!

GEISTER, DIE LANGE NICHTS VON IHREN FÜSSEN wußten, fühlen wieder, daß sie Füße haben, und können wieder gehen.
Das ist aber keine Erlösung.
Das Gehen ist eine Qual.
Von vielen seltsamen Geruchsempfindungen werden unzählige Erinnerungen aufgeweckt; und die sind so lebhaft, da der Pfad, auf dem die Geister gehen, ganz dunkel ist wie ein vergessener Keller.
Und die Erinnerungen nagen an den Geistern und schwächen ihre Lebenskraft; lange vergangene Zeiten erscheinen den Wandernden nur als große Qualketten; betäubende Blumendüfte machen die Erinnerungsschwere noch fühlbarer.
Da zünden sich vorn und rechts und links kleine räuchernde Lampen an und beleuchten spärlich eine breite Steintreppe.
Trübselig ist die Beleuchtung – da brennen so die richtigen Tranfunzeln.
Den Geistern wird nicht besser, aber sie steigen die schlecht behauenen Steinstufen hinan – immer höher und höher, obschon keiner weiß, wohin die Treppe führt; oben ist wenig zu erkennen, da die Tranfunzeln ihr bißchen Licht bloß an die Seiten werfen.
Und während die Geister mühselig auf der breiten Stein-

treppe aufwärts steigen, werden sie von drückenden Empfindungen ganz und gar umgarnt, und ihre Gedanken gehen immer mehr nach jener Richtung hin, die dem Leben keinen Glanz läßt.
Und es kommt den Geistern ihr ganzes Leben so recht überflüssig vor. Und dann dauert's nicht lange, und alle erklären einstimmig: »Es ist ja doch alles Unsinn.«
Jedes Streben und jedes Zielsetzen wird als Albernheit bezeichnet. Die Resultatlosigkeit grinst die Geister plötzlich in allen Dingen an.
Und die penetrante Empfindung, daß alles resultatlos und als alberne Spinnerei verläuft, erstickt jeden frischen Ton, so daß die Geister – es sind immer noch zehntausend Mann – stumpfsinnig werden wie betrogene Gauner.
Nur Knipo hält sich noch mit zwei anderen Geistern etwas aufrecht.
Alles Glänzende, das die Vergangenheit bot, ist verblaßt, und nur das Trübe und Leere wirkt in den zehntausend fort.
Einige Geister fallen und bleiben auf den Steinstufen liegen; niemand kümmert sich darum.
Knipo sagt stöhnend: »Mir ist ja beinah so wie einem Arbeiter zumute, aber – hatte man nach der Arbeit nicht mal so'n frohes Gefühl?«
»Jawohl«, erwidert der gelbe Geist neben ihm, »die sogenannte Arbeit war immer eine etwas billige Nervenaufregung.«
Und alle fühlen, daß ihre Nerven nicht mehr in Erregung zu bringen sind; alle haben das Gefühl, daß ihre Empfindungsfähigkeit gebrochen und morsch ist – mit dem Lebenkönnen geht's bergab.

Und sie steigen weiter die Steinstufen hinauf und kommen oben auf einen breiten Absatz, der mit schwarzen Fliesen getäfelt ist.
Knipo rafft sich auf und sagt deutlich: »Ich gestehe, daß ich Eure Schmerzen eigentlich nicht verstehen kann, und empfinde großen Schmerz über meine Schmerzlosigkeit. Ich komme mir so unbedeutend vor.«
Und er lacht. Es lacht aber keiner mit.
Und auf vielen klapprigen Holztreppen steigen die Geister weiter empor. Da ist die Beleuchtung noch trübseliger. Katzenaugen glühen auf den Geländern der Holztreppen. Neben den Treppen rauschen alte Bäume mit trocknen Blättern; auf den Ästen der Bäume winden sich dicke gefleckte Schlangen, die den Geistern beleidigende Worte zuzischen.
Und die mürben Holzstufen knarren.
Auf sehr vielen Treppen geht's empor, so daß sich nur die Geister gegenseitig erkennen, die sich auf derselben Treppe befinden.
Nur noch zuweilen leuchtet eine alte Lampe, die kein ganzes Glas hat.
Das Treppensteigen wird so mühselig wie ein Künstlerleben.
Und jede Schlange spricht so beleidigend wie ein Kind.
Viele Geister setzen sich auf die Stufen hin und lassen alles über sich ergehen – und rühren kein Glied.
Und die Geister empfinden, daß sie gekränkt werden sollen.
Und sie fühlen plötzlich, daß unsichtbare Hände ihnen Ohrfeigen geben.
Und ein langer Wutschrei geht über alle Holztreppen.

Aber auch die Wut bricht gleich wieder zusammen; es bleibt nur noch ein stumpfes Gefühl zurück, das so träge macht – so schlampig; es brennen den Geistern die Fußsohlen und die blassen Wangen.
Ein alter Geist sagt traurig: »Unser Jammer ist wohl bloß eine Folge der Eitelkeit. Wären wir nicht so eitel, so wären wir nicht zu verwunden. Nur der Eitle lernt den wahren Jammer des Lebens kennen. Wer seine Natur stets mit Zärtlichkeit zu würdigen pflegt, wird immer verletzt und jammervoll sein. Wir durchleben bloß die Tragikomödie der Eitelkeit. Alle Tragik ist pure Eitelkeitssache.«
Da wird Knipo neben dem Alten furchtbar wütend und brüllt: »Das wollen wir uns doch nicht gefallen lassen!«
Und von den Geistern bleiben Hunderte auf den Holzstufen liegen; nur die Stärksten erreichen oben das Ziel – abermals einen breiten Absatz, der mit schwarzen Fliesen getäfelt ist.
Der gelbe Geist sagt zum Knipo: »So wehre dich doch! Sag mir nur, wie Du's machen möchtest.«
Knipo möchte Witze machen, doch sie sterben ihm zwischen den Zähnen.
»Jawohl«, sagt er schließlich, »ich glaub's schon, daß alles Verletztsein nur ein Verletztsein der Eitelkeit ist. Aber wahrlich – ich sage Euch: der Kern Eurer Eitelkeit ist nur Eure verdammte Selbständigkeitssucht.«
»Unsre!« setzt der gelbe Geist verbessernd hinzu.
Und unartikulierte Laute des Ekels werden überall gehört, die Geister empfinden nicht bloß Ekel vor dem Leben – sondern auch Ekel voreinander.
Und der Ekel ist so gräßlich intensiv.
Sie denken zuweilen an die Einsamkeit, aber sie sind zu schlapp, um sich an dem Gedanken aufzurichten – er

kann ihnen nicht mehr zum lachenden Endziele werden.
Die Katzenaugen auf den Geländern leuchten unheimlich – aber sie reizen nicht mehr auf – und auch das beleidigende Gezische der Schlangen verhallt wirkungslos.
Nur unartikulierte Ekellaute kommen über die Lippen der Geister.
Knipo sagt zum Gelben, nachdem er lange geschwiegen hat: »Humor entsteht, wenn man sich mit einer Situation notgedrungen abfinden muß, ohne den Knoten zerhauen zu wollen oder zu können.«
Er kann sich aber mit der trübseligen Treppen-Situation nicht abfinden, und so entsteht auch kein Humor.
Der Gelbe spricht kein Wort.
Es ist ein Jammer!
Und nun geht's noch auf eisernen Wendeltreppen höher – immer in der Runde herum – in Pfropfenzieherkurven.
Da haben die Geister wiederum alle den einen Gedanken: »Es ist alles zwecklos und sinnlos!«
Jetzt kann aber keiner mehr liegen bleiben, da sämtliche Wendeltreppen so schmal sind, daß die armen Geister einzeln hintereinander gehen müssen.
Und auf den eisernen Geländern klettern langsam dicke Krokodile herunter; die Geländer sind breit.
Und der gelbe Geist sagt zum Knipo: »Wir sind geworfene Meteore – nicht fliegende –, in Schneckenlinien sollen wir aufwärts steigen.«
Aber die Krokodile bewegen sich so unheimlich, daß jetzt unartikulierte Entsetzenslaute auf allen Wendeltreppen hörbar werden.
Jedes Krokodil tut so aufgeregt wie ein irrsinniger Patriot – und schimpft auch so.

Es ist entsetzlich!
Jedes Krokodil redet nur von den peinlichen Momenten, an die kein Wurmgeist und kein Sterngeist erinnert sein mag. Und die Geister auf den Wendeltreppen werden innerlich überall da berührt, wo sie unter keinen Umständen berührt werden möchten.
Jedes Krokodil benimmt sich in seinen Reden so taktlos wie der Diplomat eines jungen Raubstaates. – – –
Und es entstand ein Licht neben den Wendeltreppen.
Und das Licht ging nach allen Seiten weit weg und wurde immer schwächer.
Und es kamen Schatten aus dem Lichte heraus – und das waren Geisterschatten –, Schatten von jenen Billionen Geistern, mit denen die auf den Wendeltreppen einst zusammen waren – zwischen rasselnden Schienen.
Und die Billionen Geister wurden erkennbar – und sie waren alle fröhlich; obgleich ihre Gesichter ganz im Schatten waren, bewegten sie sich doch so lebhaft, daß ihre Lebenskraft aller Welt offenbar wurde.
Die Billionen schienen einander gar nicht ähnlich zu sein; die seligen Scharen, die da in der Ferne plötzlich vorüberschwebten, bildeten nicht eine gleichartige Masse wie die zehntausend – jeder sah dort drüben anders aus als seine Nachbarn.
Und das wunderte die Trübseligen auf den Wendeltreppen.
Doch das ferne Licht zerging, und die befreundeten Billionen wurden rasch wieder unsichtbar. – – – – –
Und die Trübseligen kommen oben aus den Wendeltreppen langsam einzeln heraus – und stehen nun auf einer großen eisernen Plattform da, und von dieser eisernen können sie hinabsehen auf die tief unter ihnen liegenden

Holztreppen und Steintreppen, die sich zusammen von den dunklen Felsen und Wäldern so abheben wie ein großes streifiges Leichentuch.
Bleierne Schwere fühlen die Geister in ihren Gliedern.
»Das ist die vermaledeite Sternschwere!« sagen sie traurig. Viele wünschen sich den Tod.
Aber an Selbstmord denkt keiner.
Und der Gelbe wundert sich darüber.
Da bemerkt der Alte wehmütig: »Von unsrer Gesellschaft einen Mordsgedanken zu erwarten, find ich naiv. Diese Gesellschaft hat ja nicht mal mehr die Kraft, die ein zahmer Gedanke verlangt.«
Knipo jedoch flüstert mit einem Anfluge von Humor: »Wenn das Leben keinen Zweck hat, so hat doch das Sterben erst recht keinen Zweck.«
»Ach ja«, ruft da der Gelbe sehr laut, »das Lebenlassen ist der Gipfel der Grausamkeit.«
Der Alte sagt still: »Die Todesstimmungen sind genauso vorübergehender Natur wie die Luststimmungen.«
Und auf Strickleitern soll's von neuem weiter in die Höhe gehen; eine unsichtbare Gewalt treibt dazu.
Dennoch mag keiner den Strickleitern nahe sein.
Und die Geister sehen da nach einer Weile molchartige Wesen auf- und abklettern.
Die Molchartigen haben einen bunt gefleckten Rücken und drei Büschel weißer Haare auf dem Kopfe, die wie drei große soeben gewaschene Pinsel in die Luft ragen.
Und über den Pinseln werden hellgrüne Wolkengebilde sichtbar, die an den Strickleitern auch auf- und absteigen, so daß man nicht weiß, ob die Wolken die Molche oder die Molche die Wolken zum Auf- und Absteigen zwingen.
Ein dickes, giftiges Krokodil sagt brummig: »Das sind die

Hoffnungen, die immer einen Narren finden, der ihnen folgt.«
Ein altes Krokodil ruft zornig: »Quatsch doch nicht! Das sind die alten Narren, die ihre Hoffnung niemals fahrenlassen.«
Danach sprechen die Geister durcheinander: »Wären wir doch auch solche Narren!«
»Wenn wir nur einmal glauben könnten, daß wir in ferner Zukunft selbständige Weltenschöpfer werden könnten – dann hätten wir doch eine Hoffnung.«
»Wir wären auch zufrieden, wenn wir bloß glauben würden, daß wir einstmals frei sein dürften.«
»Derartigen Glauben«, bemerkt Knipo, »haben wohl bloß noch die Säuglinge.«
»Ja«, ruft der Gelbe schmerzlich, »der Glaube würde uns eine Hoffnung gebären.«
»Gelber«, spricht zornig der Knipo, »willst Du uns etwa durch Geburtsphantasien wieder Lebensmut beibringen?«
Und der Alte schreit: »Die Sternschwere! Die Sternschwere! Wir sind immer noch festgebunden an unsern Stern.«
Es wird plötzlich furchtbar hell. Und die Geister sehen wieder die unzähligen Spinngewebefäden – aber sie gehen diesmal von einem Geist zum andern und dann die Wendeltreppe hinunter zu den Holz- und Steintreppen, auf denen noch die vielen Geister liegen, die da unten nicht weiter konnten.
Die Fäden glänzen nicht sehr, als wenn sie staubig wären.
Und das Atmen wird so schwer.
Die Molche mit den grünen Wolken sind fort.

Die Strickleitern schwanken.
Alle Geister sind still und wollen sich nicht bewegen – wollen nicht weiter.
Das helle Licht erlischt.
Und es wird stockfinstre Nacht.
Und keiner denkt mehr daran, noch höher zu steigen.
Die Strickleitern schwanken und berühren sich, daß ein leises Geräusch entsteht – wie von nassen Peitschen, die trocknen sollen im Nachtwinde.

TEMPEL!

GEISTER, DIE LANGE STARR WAREN UND NICHT weiter konnten, bemerken wieder, wie sich was in ihnen bewegt; es durchrieselt sie eine feine Substanz, die so freudig macht.

Und gewaltige eiserne Flügeltüren knarren in ihren Angeln – und öffnen sich.

Und zehntausend Geister blicken in ein neues Reich, in dem ein stilles Licht so weich anschwillt wie warme Luft.

Und durch die vielen Flügeltüren werden die Geister hineingetragen in das neue Reich.

Die Geister bemerken, daß sie in kostbaren seidenen Sänften liegen; viel Elfenbeinschnitzerei ziert die Ränder der Sänften.

Und unsichtbare Hände tragen die Sänften durch die Luft, daß die Getragenen sich freuen.

In einem allmächtigen Saale sind die Geister; eine hohe Topaskuppel läßt gelbes Licht von oben herunter. Die dunkelgrünen Wände sind durchsichtig, und es sieht überall so aus, als bewege sich was hinter den Wänden – in dunklen gedämpften Farben.

Auch oben hinter der Topaskuppel scheint sich was zu bewegen – wie Wolken.

Und durch schimmernde Kristallpforten schweben die Sänften mit den Geistern in einen Saal, der beinahe ganz

so wirkt, als wenn er aus Rubinglas bestünde – nur im oberen Teile sind verschiedene Luken mit türkisblauen Gläsern gefüllt –, und an den Wänden schimmert viel fein geschliffenes wasserhelles Kristall.
Und die Geister bemerken, daß die ganze Architektur durchsichtig ist – wie Glas; sie sind in den transparenten Tempelhallen, von denen sie oft gehört zu haben glauben; wie eine lange bekannte Sache kommt ihnen die transparente Architektur vor – und doch ist nur ein kleiner Teil von Glas – die größeren Wandteile bestehen aus anderen Stoffen.
Seltsame Musik dringt aus den Tiefen der rubinglasroten Tempelhalle herauf – es klingt, als käm's von unzähligen neuen Instrumenten.
Während die Geister verwundert horchen, sehen sie viele Kristallschalen an den Wänden, und in die Kristallschalen fallen Tropfen aus verschiedenen Höhen hinein. Und durch diese Tropfen bildet sich die neue Musik; es sind allerdings noch andere Töne dabei, die den Schalen nicht gut entspringen können – doch hierüber werden die Geister im nächsten Saale aufgeklärt.
Da setzen sich die Wände aus unzähligen Säulen verschiedenster Konstruktion zusammen – und die bilden kolossale Nischen. Hinten in den Nischen geht's fensterartig hinaus in ein weiteres Säulenreich; da draußen im Freien stehen durchsichtige Säulen, die farbige Lichtsäulen sind, mit großen Wassermassen in einem architektonischen Zusammenhange – bunte rauschende Wasserfälle und bunte durchsichtige Springbrunnen sind untereinander in ähnlichen Rhythmen gehalten wie die farbigen Lichtsäulen.
Diese Wassermassen in der Ferne machen auch eine Mu-

sik – und die steht mit der Tropfenmusik der Tempelhallen in einem musikalischen Zusammenhange.
Und zu der Wassermusik gesellt sich noch eine Windmusik, die in den durchbrochenen Wänden bald leiser und bald stärker auftönt und sich immer milde den Melodien und Harmonien der Wassertonwelt anschmiegt.
Die zehntausend schweben in der nächsten Galerie, die sehr lang ist, auch an großen transparenten Standbildern vorüber, deren Inneres wunderbar leuchtet – wie flüssiges Edelgestein. Diese abenteuerlichen Gestalten spotten jeder Beschreibung; die Geister glauben, daß diese Standbilder lebendige Götter sind, obgleich Knipo dieser Behauptung lächelnd widerspricht.
Nun geht's noch durch sehr, sehr viele Säle durch, und die Geister starren durch all die transparenten Wände durch – und sehen in eine Kaleidoskop-Architektur, in der die Farben so auf- und niederwogen wie die Regenbogenfarben in Seifenblasen.
Jede Säule ist, ob sie bunt, farbig oder wasserartig ist, durchsichtig wie Glas – und die Galerien sind ebenso – und die Kuppeln auch – und die Wände auch.
Und alles ist so reich durch das, was hinter allem ist.
Und wo durch eine Öffnung durchzusehen ist, da sehen die Geister immer wieder und wieder weitere transparente Architekturgebilde – und zwischen denselben Wasserwerke, die zumeist ebenfalls transparent wirken – und nur im Schaume was Kompaktes besitzen. Fernere Wasserstrahlen werden auch durch die Kuppelluken sichtbar, die hier und da offenstehen.
Oft sehen die Wandsteine so wie Sammet aus – und sind trotzdem durchsichtig.
Durch die stete Weiterbewegung der Sänften verändert

sich die Wirkung dieser transparenten Tempelhallen in jedem Moment.
Diese Farben- und Bewegungsreize sind so groß an Zahl, daß einzelne Eindrücke von der Wirkung der ganzen rauschenden Bilderfülle keine Ahnung erzeugen.
Und die Wassermusik mit der Windmusik ist ebenso reich und überwältigend schon in wenigen Augenblikken, daß ans Ganze kaum zu denken ist.
Alles ist in seifenblasenartiger Bewegung, so daß die Geister annehmen, Lebendiges sei draußen hinter den Wänden – und die Bewohner dieser transparenten Räume seien ebenfalls draußen.
Und die zehntausend möchten so gern wissen, ob's Wurmgeister oder Sterngeister sind, die da draußen noch mehr Bewegung und Farbenspiel in die vielen Wände, Galerien und Säulen hineinzaubern.
Und die Götterbilder wirken so geheimnisvoll – mit ihren abenteuerlichen Gliedern, ihren durchsichtigen Prunkgewändern und ihren durchsichtigen Köpfen.
In der Tiefe sehen die Geister viele Kronen nebeneinander liegen und glauben daher, daß die Zahl der Standbilder in der Tiefe noch größer sei.
Der Weg durch die vielen Tempelhallen, in denen die Musik oft nur leise flüstert, als wenn sie verbergen und nicht verkünden möchte, geht bald rechts und bald links – oft in großen Bogen und auch im Zickzack – labyrinthisch.
Und dann sind die Sänften mitten in einem Raume, der viel größer ist als alle anderen zusammengenommen.
Die Musik tönt hier so leise wie stille Gebete, doch die Stimmen der Geister tönen sehr laut, so daß die meisten

erschrecken, wie sie den lauten Ton ihrer Stimme vernehmen. Und so schweigen bald alle.
Der Knipo findet sich jedoch am schnellsten mit dem Schallwunder ab, und es überkommt ihn eine so große Redewut, daß er nicht mehr schweigen kann – und er redet – wie ein Erleuchteter – seine Stimme donnert durch den weiten Raum: »Wir wissen nicht, daß es eine Welt gibt, und trotzdem können unzählige Welten lebendig sein. Es können unzählige Welten schon tot sein – sie können auch noch geboren werden. Sie können auch nie geboren sein und dennoch lebendig sein. Was wissen wir, was Leben heißt! Können wir behaupten, daß wir leben? Es lebt der Baum ein andres Leben als der Stein. Mit dem Wort ›Leben‹ können wir jedesmal was andres meinen. Wir wissen aber nicht, was unser Leben heißt, und wissen nicht, was unser Sterben heißt. Wenn wir nun nicht wissen, ob wir leben oder sterben – tot oder lebendig sind – so muß es uns doch ziemlich gleichgültig sein, ob wir die Geister, die hier wohnen und doch nicht hier sind, für Wurmgeister oder für Sterngeister zu halten haben. Wenn wir so wenig mit unsern Worten anzufangen wissen, so dürfen wir doch nicht annehmen, daß das uns räumlich größer Erscheinende bedeutender ist als das uns räumlich kleiner Erscheinende. Vielleicht sind grade die Wurmgeister die wirklichen Götter. Was aber sind denn die Wurmgeister mehr, wenn sie sich Götter nennen dürfen? Stern und Wurm und Gott, Wurm und Gott und Stern – das sind doch schließlich bloß Worte! Laßt die Worte doch laufen – laßt sie ans Ende der Welt laufen – dann haben die Worte doch was zu tun und stiften kein Unheil.«
Laut dröhnten Knipos Worte durch den weiten transpa-

renten Raum, der wie eine allmächtige Hohlkugel wirkte. Und die ganze Kugel war im Innern doch köstlich gegliedert.

Die Sänften schwebten auf und nieder, und die Geister reckten sich in den weichen seidenen Kissen. Ein Oben und Unten gab's für die Geister in diesem Hohlkugelraum nicht, so daß sie das herrliche Tempelgebiet nach allen Seiten durchschauen konnten.

Auch hier wirkte die reich mit Säulen, Nischen, Galerien und Luken durchbrochene Wandung durch die ins Jenseits führende Transparenz; hier hatten die Geister so recht die Empfindung, in einer ungeheuren Seifenblase herumzuschweben.

Aber es gibt verschiedene Seifenblasen, und die Kugel, in der Knipo so laut sprach, verdient nicht, daß man sie Seifenblase nennt.

Die Kugelwandung war vom Mittelpunkt so weit entfernt wie ein ferner, ferner Sternhimmel.

Auch diese Hohlkugel war ein Sinnbild der Unendlichkeit.

Und Knipo redete zum anderen Male: »Liebe Brüder! Es ist schon viele Billionen Jahre her – da erlebten wir was, worüber wir heute noch lachen könnten. Damals wollten wir mal unser liebes sogenanntes Ich erweitern und mit diesem Ich die ganze Welt durchdringen – und auch alles das, was nicht in der Welt ist. Nicht bloß selbständig wollten wir werden, wir wollten sogar weltumspannende Persönlichkeiten – ganze Allwesen – werden. Wie klein muß uns damals die Welt vorgekommen sein! Heute halten wir die Welt nicht für klein und nicht für groß – wohl aber für eine so übergewaltige Sache, daß wir uns belächeln müßten, wenn wir uns einbilden wollten, wir hätten heute schon ein Recht, uns über die Bedeutung dieser Allumfassenden ein Urteil zu bilden. Und daher wollen wir fürderhin nicht mehr bloß mit unserm Stern zusammen einen guten Ton zu bilden suchen – wir wollen mit dem uns Unbekannten auch einen guten Ton erzeugen. Wir wollen ruhig weiterschweben, ohne was zu wollen. Ich glaube, unsre Willenlosigkeit ist unsre ganze Stärke – obgleich diese Worte so alt klingen wie die Ruinen eines Götterlebens.«

Da rauschte wunderliche Musik durch viele Luken in die transparente Hohlkugel hinein, und die Sänften schwebten einer fernen Rosette zu.

Und viele Geister wiederholten Knipos Worte: »Ich glaube, unsre Willenlosigkeit ist unsre ganze Stärke!«

»Ja, ja!« rief Knipo, »wenn wir willenlos sind, so kann eine andre Kraft – ein Jenseitswille – in uns lebendig werden. Und es ist doch so seltsam, daß wir trotzdem unsre Selbständigkeitssucht für die Dauer nicht unterdrücken können.«

Rauschend klangen die Wassermelodien um Knipos Ohren – und er vergaß seine Rede.

Und die Geister schwebten durch die Rosette aus der Hohlkugel raus in andre Säle – wieder ging's teils im Zickzack, teils in großen Bogen weiter.

Und so gelangten die Geister nach langer, langer Zeit in den Zorntempel.

Dort wurde die Stimme der Geister gleich ganz rauh; kaum hatte Knipo ein paar Worte gesprochen, so merkte er schon den Hohn im Ton, daß er vor sich selbst zusammenschrak wie ein Verfolgter.

Im Zorntempel wurden alle sehr zornig – da sahen auch die Fenster wie rotglühende Augen herunter – und die

durchsichtigen Säulen waren gewundene Schlangen – und die Musik donnerte – und die Götterbilder ähnelten griffsicheren Raubtieren.
Und Knipo mußte wieder sprechen – und er sprach, als wenn ein Geist in ihn gefahren wäre, der ihm so lange fremd blieb, mit rauher bebender Stimme: »Das wahre Glück besteht nur in der langsamen rachsüchtigen tückischen Vernichtung alles dessen, was da lebt. Den einzigen Schmerz, den wir für den wahren halten müssen, bildet die Empfindung, daß es doch leblose Dinge geben dürfte, die wir vielleicht niemals vernichten könnten, da sie ja infolge ihrer Leblosigkeit auch unsterblich sein könnten.«
Ein wieherndes wahnsinniges Gelächter durchbraust den vieleckigen Zorntempel.
Und die Sänften drehen sich alle so fix um sich selbst, daß den Geistern ganz schwindlig wird.
Knipo brüllt aber aus vollem Halse: »Nur die Zerstörung kann die Entwicklung fördern.«
Eine Götterfratze tut ihren Rachen auf und spricht mit hohler Metallstimme: »Ich bin der gebändigte Tiefsinn dieser Welt – ich bin der Gott des unsterblichen Augenblicks.«
Da steigt den Geistern etwas Unbekanntes im Leibe empor und bleibt ihnen in der Kehle stecken – wie eine kalte Faust.
Und sie fürchten sich.
Jetzt erhalten die roten Luken, die wie glühende Augen ins eckige Innere des Zorntempels hinunterglotzen, eine heftige Anziehungskraft.
Und im nächsten Augenblick sind alle zehntausend Geister draußen.

Und sie fliegen aus ihren Sänften raus auf ein schräges glattes Glasdach. ––––––––––––––––––––
Auf dem Glasdach genießen sie einen weiten Rundblick über die gesamten transparenten Tempel und Wasserwerke.
Die Sänften sind verschwunden.
Schräg ist das Glasdach, und die Geister rutschen langsam runter – doch sie sehen drüben eine große Kugel – einer bunten riesigen Seifenblase ist sie nicht unähnlich.
Und von der Kugel gehen unten mehrere schlauchartige Gebilde heraus, von denen eines im nahen Zorntempel endigt. Und die Geister sehen auch die durchsichtigen Wasserwerke und hören die Musik, die jetzt so wenig durchsichtige Melodien hat.
Und die Geister sagen sich, daß die schlauchartigen Gebilde, die transparent sind und zur Mittelkugel führen, die Saalreihen vorstellen, die sie in den Sänften durchschwebten – und sie wundern sich, daß von den Bewohnern dieser Tempel auch draußen keine Spur zu entdekken ist.
Die Geister staunen alles an und rutschen auf dem schrägen glatten Glasdach immer weiter runter dem Rande zu.
Und schwarze ungeheure Kapuzen sinken hernieder und bedecken die Architektur nebst den Wasserwerken; der Krallenrand der Kapuzen hakt sich unten schnell fest – und die Geister sehen nicht mehr die transparente Welt.
Alles Licht ist fort, und die Musik ist mit einem Male zu Ende.
Die Geister rutschen immer weiter – und fürchten sich – vor einem großen Fall.

RASEREI!

GEISTER, DIE AUF EINEM SCHRÄGEN GLASDACH immer weiter runterrutschen und in der Dunkelheit die große Angst vor dem Unbekannten empfinden, sehen in der Ferne weiße Punkte aufleuchten.
Die weißen Punkte werden größer, und die Geister erkennen, daß sich weiße Vögel ihnen nahen – leuchtende Vögel.
Die Vögel sind sehr groß, und in ihren großen Krallen haben sie große blanke Scheren. Molchköpfe haben die Vögel, und sie sagen zu den Geistern mit glucksender Stimme: »Wenn Ihr wollt, so könnt Ihr jetzt selbständig werden; mit unsern blanken Scheren können wir die Spinngewebefäden, die Euch an Eure Sterne fesseln, zerschneiden.«
Die Geister rufen natürlich: »Los! Los! Schneidet nur zu!«
Da werden die Vögel so leuchtend hell, daß wieder die glitzernden Fäden zu sehen sind – und die werden dann gleich eifrig von den Vögeln entzweigeschnitten; die Scheren klappern wie in einem großen Friseurladen; es sind wohl einige hundert Scheren in Bewegung.
Und die Geister sind frei!
Und sie jauchzen und schweben gleich hoch in die Luft hinauf – und in die nächste Sternenwelt hinein.

Die Sternschwere ist fort, und die Geister sausen dahin wie flinke Kometen – nur noch flinker.
Alles Lästige ist fort.
Frei sind die Geister.
Und dahin schießen sie – bald so schnell wie Billionen Orkane zusammen.
Die Sterne flitzen nur so vorüber, daß die Geister bald gar nicht mehr sehen, an was für Sternen sie vorüberjagen.
Die Geister haben gar keine Zeit, sich das Aussehen der Sterne anzusehen – ob die eckig, rund oder schlauchförmig, scheibenartig oder wie Trichter sind – ist ja saumäßig piepe den freien Weltjägern, die nur empfinden wollen, daß sie frei sind – und hinschießen können, wohin's ihnen paßt.
Und sie wollen hinaus in die freiste Welt – dorthin, wo's keine Sternwelten mehr gibt.
Und die Sterne bilden für ein paar Augenblicke glitzernde Fäden rechts und links von den Geistern – so schnell schießen die dahin.
Und dann sind die Geister in einer Weltgegend, die frei von allen Sternen ist – alle großen Sternwelten zusammen bilden da bald bloß einen kleinen Lichtpunkt – und auch der verschwindet.
Und es ist finster, und Knipo wird zum Anführer der zehntausend ernannt.
Jetzt glauben die Geister, sie könnten aus einer Weltecke in die andre fahren; und sie setzen dem Knipo auseinander, daß er ihnen sämtliche Weltwunder zeigen müsse.
Knipo meint, er möchte wohl zunächst alle unsichtbaren Weltwunder sehen.
Doch auch die absoluteste Freiheit hat ihre Schranken –

die Geister können das für sie Unsichtbare nicht erblikken.
Da schlägt Knipo vor, die großen bunten Gasräume zu besichtigen.
Und sie fliegen wieder raus aus der Finsternis – wieder an unzähligen Sternen vorüber, die ungeheure Polypen sind und grade die Absicht haben, sich gegenseitig die langen Beine auszureißen.
Wie die Polypen immerzu die Farben wechseln!
Aber die Geister haben keine Zeit, dem Spiele zuzuschauen – und an manchen anderen Sternschauspielen fliegen sie ebenso schnell vorüber, daß schließlich rechts und links von ihnen wiederum nur noch bunte Streifen aufflammen – so schnell rast die wilde Jagd dahin.
Und es durchrauscht die Geister eine wilde heiße Seligkeit – jetzt endlich können sie sich austoben – durch die ganze unendliche Welt durch – immerzu im rasenden Tempo durch und durch gehen – alles steht ihnen offen.
Und so kommen die Geister in die Gasräume – und da geht's aus grüner Luft in rote – und aus der roten in die bunten Lüfte – und aus den bunten in die weißen und gelben.
Aber es geht wieder so schnell, daß sie die einzelnen Gasräume nur ganz flüchtig kennenlernen – kaum bleiben ihnen Geruchserinnerungen haften. – – – –
Und die hastigen Weltdurchstürmer empfinden ihre Freiheit nicht mehr als ein reines Glück – es geht alles zu schnell – und sie fragen sich schon, ob sie für solch freies Leben auch geschaffen sind – es wird ihnen bereits das Hastige, das naturgemäß in jeder Freiheit steckt, zu einer Art Qual.

Aber Knipo hat schon wieder einen Plan: er will die große Götterallee kennenlernen, von der er schon mal wo gehört haben will – da soll die kolossalste Bildhauerkunst zu sehen sein.
Und sie kommen auch dahin und erblicken dort unmäßig große Standbilder, von denen die Geister immer nur kleine Partien sehen. Ganz unmöglich erscheint es den Hastigen, sich auch nur eine ungefähre Vorstellung von dieser kosmischen Skulptur zu bilden; so viel Zeit lassen sie sich eben nicht.
Auch hier geht's wieder mit Blitzesschnelligkeit durch – ach – viel schneller, als alle Blitze, die's geben könnte, zusammen – so schnell, daß selbst diese Götterbilder zu Lichtstreifen werden.
Und der gelbe Geist schreit plötzlich laut auf: »Sollten wir nicht unsre Kugelsterne unterschätzt haben?«
Die rasende Hast wirkt so zerstörend; feinere Genüsse dringen gar nicht durch. – – – – – – – – – – – –
Und sie kommen zu den größten Riesen, die's in der Welt gibt.
Die Riesen schlafen grade und schnarchen; das Schnarchen hört sich wie ein wahnsinniges Orkangeheul an.
Die Geister bemerken mit den Augen nur gewaltig hohe steile Felsenwände, die Knipo für Fußsohlen halten will..... Die ganze Welt erscheint den zehntausend bloß ein großes Buch zu sein, in dem sie blättern, aber nicht lesen dürfen; nicht mal die Bilder können sie sich ansehen. – – – – – – – – – – – – –
Knipo kriegt den Einfall, daß sie sich neue Sinne besorgen müßten, um diesen vermaledeiten »Weltkrempel« besser durchschauen zu können.

Und hinter sechs luftleeren Räumen bekommen die Geister die neuen Sinne.
Indessen jetzt geht alles noch viel schneller als bisher; sie wissen nichts Rechtes mit den neuen Sinnen anzufangen, da sie doch nicht gelernt haben, mit ihnen umzugehen; sie lassen sich auch nicht die Zeit, die neuen Sinne zu schärfen und sich anzupassen.
Und so sind sie schließlich froh, wie sie ihre alten Sinne wieder haben.
Durch andre Verwandlungen werden die tollen Geister ebenfalls nicht klüger. – – – – – – – – – – – – – – –
»Sollte dieses Götterleben«, sagt Knipo in einer smaragdgrünen Weltecke, die dick wie Teer ist, »nicht ein wenig verfrüht in unserem Weltleben sein? Aus reiner Blasiertheit könnte ich beinahe wieder fesselsüchtig werden. Die Unbenutzbarkeit und die Unübersehbarkeit der neuen Geschichten hat mich so blasiert gemacht, daß ich mich demnächst für ein Steinwesen halten werde. Hol der Teufel dieses Götterleben!«
Man stutzt bei dem Worte »Teufel«, aber es erfolgt doch eine lebhafte Zustimmung im ganzen Zuge!
Es dauert nur nicht lange, so redet der gelbe Geist von der Fabrik neuer Weltkräfte mit einer hinreißenden Lebendigkeit.
»Da müssen wir mal hin!« ruft er aufgeregt, »alte Narren denken natürlich, die Schwerkraft und manche andre Kraft fülle die halbe Welt. Und dabei ist die halbe Welt noch weniger denkbar als die ganze. Die Kräfte reichen nicht so weit. Tatsache bleibt es jedenfalls, daß noch unsäglich viele neue Kräfte fabriziert werden – und für die muß doch Platz gemacht werden.«
Und die unternehmungslustigen Geister rasen durch

Schlangen- und Trichtersterne durch – und kommen in die Fabrik.
Diese Fabrik ist nun leider so maßlos groß, daß die armen Geister gar nicht verstehen, was sie da sehen – ihre Eindrücke empfinden sie teils als fleckige, teils als strichförmige Feuergebilde – viel mehr unterscheiden sie nicht.
»Dies ist die unüberwindliche Raserei!« ruft der alte Geist.
Und keiner versteht, was der Alte damit sagen will – der aber redet weiter von der Vergänglichkeit aller Empfindungen. – – – – – – – – – – – – – – – – – – –
Und die zehntausend sehen plötzlich neben einem unendlich scheinenden Schornstein lange Geisterzüge vorbeischweben – und die sind ganz still – wie die Windstille nach dem Orkan.
»Es ist die schnelle Fahrt so anstrengend!«
Also rufen viele seufzend aus. – – – – – – – – – – – – –
Knipo will, wie sie aus der Fabrik nicht klug werden, die Weltenschöpfer kennenlernen, die ganz weit, weit hinten in der Unendlichkeit wohnen – in dieser Unendlichkeit, in der niemand ein Ende findet – in keiner Richtung.
Und die zehntausend finden die Weltenschöpfer und sehen sie da sitzen und Sterne formen – wie große Töpfer – so kommt's wenigstens den Geistern vor – sie wissen wohl, daß sie sich täuschen könnten – jedoch der Eindruck ist immerhin da.
Und die alleswollenden Geister möchten auch so gerne mal Sterne formen.
Ein Großer will's ihnen erlauben, wenn sie imstande sein sollten, eine neue Sternform zu erfinden, die's noch nicht gibt.
Aber sie können nichts Neues erfinden – das Neue

ist so grauenhaft schwer auszudenken – läßt sich auch nicht so leicht entdecken. – – – – – – – – – – –
Da werden die Geister allmählich wütend und wollen auf einmal alles vernichten.
Jedoch selbst hier ist wieder ein Riegel vor die Türe der Freiheit geschoben: vernichten darf der, der nichts Neues machen kann, in keinem Fall.
»Verdammte Freiheit!« brüllen die Wütenden.
Und sie fliegen durch eine verzerrte Hohnwelt durch – in der alles Hohn ist – das absolute Karikaturenviertel!
Ein grausiges Gelächter durchbrüllt jenes Viertel fast unaufhörlich – nur wenn neue Sonnen kommen, wird's still.
Und alle merken hier, daß sie so roh geworden sind – so roh – wie Ungeheuer, die die unendliche Welt nur für ihre Speisekammer halten. – – – – – – – – – –
Es ergreift die zehntausend Heimweh.
Und sie wollen durch den nächsten Symbolraum durch – auf dem kürzesten Wege – nach Hause. – – –
Der Symbolraum erscheint ihnen ganz leer – wie ein ausgeraubtes Haus, das zerfällt.
Eine zinnoberrote Eidechse von imposanter Gestalt springt aus einem meilenlangen Fenster, versperrt den Weg und sagt eifrig: »Vergeßt nicht, daß alle Sterne zusammengenommen und alles Denkbare zusammengenommen, so sehr wir's auch vergrößern mögen, der Unendlichkeit gegenüber immer wieder bloß einen mathematischen Punkt bilden – der alles hat – nur keine Ausdehnung.«
Die zinnoberrote Eidechse platzt und steigt als Feuerregen empor.

Und die Geister fühlen, daß sie noch nicht reif zur Freiheit sind.
Sie können das freie Leben nicht aushalten. – – – – –
Und in rasender Hast geht's zurück – durch all die vielen Weltgegenden zurück – zu jener kleinen Ecke, in der jene Kugelsterne leben, mit denen die gehetzten zehntausend einstmals zusammenhingen.
Und kaum sehen sie in der Ferne die Kugelsterne, so wird's auch gleich wieder sehr hell vor ihren Geisteraugen – und sie erblicken wieder mal nach langer, langer Zeit die Spinngewebefäden, die alle straffgespannt in parallelen Linien von den Geistern zu den Kugelsternen hinführen.
Die Scheren der weißen Vögel sind offenbar nicht scharf genug gewesen.
Molchgesichter gucken oben aus grauen Wolken herunter und schmunzeln.
Und die zehntausend fühlen wieder die alte Sternschwere auf ihren Schultern.
Und die Heimkehrenden atmen auf, als wären sie erlöst.

VIKTORIA!

UND DIE GEISTER, DIE LANGE VON IHREN Sternen getrennt waren, sind wieder mit ihnen zusammen – und gehen auf ihnen herum – und freuen sich.

Aber ein ungeheurer Kanonendonner schallt ihnen jetzt entgegen.

Und die schwarzen Diener, die wie alle Molche gern überall herumklettern, kommen den Geistern entgegen und bitten sie, die Ehrenpforten zu durchschreiten, die extra zu ihrer Begrüßung erbaut sind.

Die Geister, die sich jetzt auf den verschiedenen Sternen also begrüßt sehen, werden verlegen.

Das Kanonengedonner wird immer stärker, daß die Ohren sausen.

Und die schwarzen Diener rufen mit ihren Molchmäulern: »Viktoria! Viktoria!«

Da fragen etliche Geister, was denn das Geschieße bedeuten soll.

Da antworten die Diener mit ihren Molchmäulern: »Wir glaubten, daß die Nerven der Herren Wurmgeister durch die lange Fahrt wohl so überreizt sein dürften, daß nur noch ein allgemeiner Kanonendonner eine wirkungsvolle Begrüßung abgeben könnte.«

Die Herren Wurmgeister hören zwischen dem Kanonendonner immerzu die Molchmäuler rufen: »Viktoria! Viktoria!«
Und dieser Empfang wird ihnen recht peinlich.
Doch sie nehmen auch diese etwas zweifelhafte Ovation ruhig hin und sind froh, daß sie endlich wieder zu Hause angelangt sind; vieles hat sich ja zu Hause verändert, doch die Hauptsache scheint intakt geblieben zu sein.
Bloß dieser Knipo ärgert sich über dieses Geschieße und über dieses Viktoriageschrei!
Er war auf seinem Stern der einzige Geist, der mal fort wollte – und zwar mehr der Mode denn der Neigung zur Freiheit wegen – und nun soll er sich diesen Empfang gefallen lassen! Er spricht zu den Schwarzen:
»Meine Herren! Mir ist niemals begreiflich gewesen, wozu dieser ganze Entwicklungsrummel, den ich mitzumachen die Ehre hatte, inszeniert wurde. Ich muß mir daher die Ehre, die Sie mir jetzt noch zum Schluß erweisen wollen, ganz ergebenst verbitten – denn ich habe nichts erobert und nichts profitiert, so daß Sie kein Recht haben, mich als heimkehrenden Helden zu feiern. Das ist ja veritabler Hohn von Ihnen!«
»Was?« schreien da die schwarzen Diener, »Sie wollen durch die lange Fahrt nichts profitiert haben? Sie sind ja ein ganz undenkbares Kamel, Herr Knipo! Erinnern Sie sich doch an die weißen Vögel, an die Leitern, auf denen wir Ihnen was vorkletterten, an die langbeinigen Geister, denen die Himmelsstücke auf den Kopf fielen – und an all die anderen großen Eindrücke, die auf Sie eingestürmt sind mit so großer Vehemenz. Dadurch soll Ihre werte Entwicklung nicht gefördert sein? Davon wollen Sie nichts profitiert haben? Aber Herr Knipo, sehen

Sie jetzt nicht die Welt mit ganz andren Augen an? Sehen Sie sich doch mal um!«

Und Knipo, ein ehrlicher Mann, erinnert sich an alles und blickt sich um – und sieht seinen Stern ganz verändert – überall Architektur mit Türmen, Mauern und Balustraden.

Und Knipo empfindet, daß er auch ganz anders geworden ist – seine Gedanken sind andere, denn seine Erinnerungen sind andere.

Und Knipo stottert nach einiger Zeit: »Verzeihen Sie mir! Ich erkläre Ihnen, daß ich bittres Unrecht tat, als ich mein Schicksal tadelte! Die Entwicklungen, die ich durchmachen durfte, sind nicht ohne Einfluß auf mich geblieben. Es ist mir manches, was ich früher nur vom Hörensagen kannte, in Fleisch und Blut übergegangen; die letzten Worte verstehe ich natürlich nur bildlich.«

»Sehen Sie«, sagen da die Diener, »da können Sie also auf unserm Stern fürderhin ein wertvoller Entwicklungsfaktor werden. Jetzt können Sie mal treibende Kraft spielen. Sie werden unsern Spaß und unsern Ernst verstehen, wenn Sie über Ihre Erlebnisse ruhig nachdenken – und mit uns fördern wollen, was zum Besten unsres Sterns ist – dessen Diener wir doch alle sind. Einem Stern können nur die Leute etwas nützen, die sich Mühe gaben, sich zur Selbständigkeit zu entwickeln.«

Knipo steht ganz still und sieht die Schwarzen lange an – und die verbeugen sich – und einer von ihnen fragt höflich: »Wollen der Herr Knipo vielleicht göttlich verehrt werden? Wir sind allesamt gerne bereit, Ihnen göttliche Ehren zu erweisen – und die Leute, die hier auf diesem Sterne leben und uns nicht sehen können, würden auch sehr glücklich sein, wenn sie zu Ihnen so vertrauensvoll aufblicken dürften wie zu einem Gott. Die Bewohner unsres Sterns sehnen sich grade nach einem neuen Gott mehr denn je.«

Und Knipo erwidert einfach: »Ich danke Ihnen für Ihr Anerbieten, muß es aber ablehnen, eine Rolle zu spielen, die ich heute und morgen noch nicht ausfüllen kann.«

Und er dreht sich so einfach um wie ein Mann, der die gefährlichsten Leidenschaften endgültig überwunden hat.

Und während das Kanonengedonner ruhig seinen Fortgang nimmt, steigt Knipo langsam auf den nächsten Turm und wirft sich dort oben etwas ermüdet in den ersten besten Thronsessel. – – – – – – – – – – –

Und jetzt denkt er in seinem Thronsessel darüber nach, wie er wohl die Entwicklung seines Sterns fördern könnte.

Die andern Geister, die die lange Fahrt mitmachten, denken ein Ähnliches.

Aber von den Billionen Geistern, die ausfuhren, um das Diadem der Gottheit zu erobern, sind erst sehr wenige zurückgekehrt.

Knipo denkt an die lange Fahrt und ordnet seine Erinnerungen.

Und die anderen Geister, die mit Knipo so lange zusammen waren, tun ein Ähnliches.

ENDE

FRANZ ROTTENSTEINER
PAUL SCHEERBART – EIN KOSMISCHER HOMO LUDENS

Paul Scheerbart (1863–1915) ist seinerzeit zwar bei einigen der größten und berühmtesten deutschen Verlage erschienen – Ernst Rowohlt, Schuster & Loeffler, Georg Müller, J. C. C. Bruns und Insel – und die bedeutendsten Literaturzeitschriften haben ihn veröffentlicht – Pfemferts *Aktion*, Herwarth Waldens *Der Sturm*, *Die Insel*, *Die Jugend* und selbst Karl Kraus' *Die Fackel* –, aber gelesen wurde er kaum, und daran hat sich auch in neuerer Zeit nichts geändert. Die verschiedenen spärlichen Neuauflagen und Auswahlbände der letzten zwei Jahrzehnte, angefangen von der kleinen von Carl Mumm besorgten Einführung und Auswahl *Paul Scheerbart* (Wiesbaden: Steiner 1955) über die *Dichterischen Hauptwerke* (Stuttgart: Goverts 1962, dort u. a. *Tarub, Bagdads berühmte Köchin*, *Rakkóx der Billionär*, *Die Seeschlange*, *Münchhausen und Clarissa* und *Lesabéndio*), *Katerpoesie* (Stuttgart: Goverts 1963), die Taschenbuchausgabe des *Lesabéndio* (dtv 1964), die Auswahl von Erzählungen in *Münchhausens Wiederkehr* (Zürich: Limmat 1966), bis zur *Glasarchitektur* (München: Rogner & Bernhard 1971) haben nur einen kleinen Leserkreis erreicht; Scheerbart ist lediglich Dissertationsgegenstand geworden. Paul Scheerbart war immer ein Außenseiter, Andersdenkender, ein unverwechselbar Eigenständiger, und wenn er auch in einer Zeit des künstlerischen Auf- und Umbruchs so manches vorwegnahm und als Vorläufer oder Randfigur des Jugendstils, des Expressionismus oder der Glasarchitektur gelten kann, so ließ er sich doch nie in eine Schablone pressen. Mit »Kikakokú! Ekoraláps!« aus dem seltsam betitelten »Eisenbahnroman mit 66 Intermezzos« *Ich liebe dich!* (1897) hat er schon vor den Dadaisten und Surrealisten ein Lautgedicht geschrieben. Die Glasarchitektur, die er nicht nur in dem Buch gleichen Titels, sondern auch in zahllosen Novellen, Aufsätzen und Romanen wie *Münchhausen und Clarissa. Ein Berliner Roman*

(1906) oder *Das graue Tuch und zehn Prozent Weiß. Ein Damenroman* (1914) – worin in der Hauptsache die Bauten beschrieben werden, die der Glasarchitekt Edgar Krug errichtet – verfocht, wurde von Architekten wie Bruno Taut und Ludwig Hilberseimer aufgegriffen und gewürdigt. Wenn es Scheerbart auch an Breitenwirkung fehlte, so hat er doch stets begeisterte Anhänger gefunden. Zwischenreaktionen scheinen rar zu sein; seine Leser bewundern ihn entweder als Weisen oder sogar als Heilsbringer, oder er gilt als hoffnungsloser Narr und Phantast, als Schreiber kosmischen Unsinns. Denn Scheerbart war ein Vertreter der Phantastik, einer völlig der Wirklichkeit entrückten Phantasiewelt ohne Verwurzelung in realen Gegebenheiten, der rationalen Folgerichtigkeit oder auch in psychologischen Symbolismen. Erich Mühsam schlug ihn sogar für den Nobelpreis vor (allerdings für den Friedensnobelpreis, nicht den Literaturpreis). Für O. J. Bierbaum ist er ein »weiser Clown«, für Franz Servaes der »Dichter der Sternenwelt«, für Anselm Ruest gar der »wiedergeborene Dionysus«; geschätzt haben ihn auch ›Mynona‹ (Salomo Friedländer), Albert Ehrenstein und Walter Benjamin; für Arno Schmidt hingegen ist Scheerbart nur ein »kosmischer Schwadroneur mit beschränkter Haftung«, und der Literaturhistoriker Adolf Bartels nannte ihn gar den »blödsinnigsten aller deutschen Symbolisten«. Derlei Kategorisierungen könnte man noch mühelos vermehren.

II

Paul Scheerbart wurde am 8. Januar 1863 in Danzig als Sohn eines bescheidenen Zimmermanns geboren; die Mutter verlor er schon im Alter von 4 Jahren. Seine Stiefmutter war eine religiöse, sogar bigotte Frau. Unter ihrem Einfluß wollte er zunächst Missionar werden, entschloß sich aber dann, die Welt durch die Literatur zu erlösen. Nach unsteter Wanderschaft in Leipzig, Halle, Wien und München ließ er sich endlich, vierundzwanzigjährig, in Berlin nieder, wo er 1889 sein erstes Buch, *Das Paradies, die Heimat der Kunst*, veröffentlichte und

1892 den »Verlag deutscher Phantasten« gründete, der es nur auf zwei Titel brachte, beide von Scheerbart: das erste Heft seines Wunderfabelbuches *Ja ... was ... möchten wir nicht alles!* und die 2. Auflage des *Paradieses*. Als der Drucker die Bezahlung der Rechnung begehrte, war es um den neuen Verlag auch schon geschehen. Sein Leben verbrachte Scheerbart in bitterster Armut und unmäßig trinkend. Ernst Rowohlt berichtet, daß er sich vorwiegend von »Brot und geschabten Heringen« ernährte. Später heiratete Scheerbart seine um acht Jahre ältere Zimmervermieterin Anna, eine resolute, mit beiden Beinen auf der Erde stehende Frau, die voller Geduld für ihn sorgte. Wenn er nach durchzechter Nacht sich nicht zu seinem Weibe heimtraute, das sich sonst alle Spintisierereien Scheerbarts geduldig anhörte, pflegte er ihr rührende kleine Briefe unter der Tür hindurchzuschieben:

> »An Frau Anna Scheerbart, geb. Sommer, Zehlendorf, Anna-Str. 5.
> Liebes Bärchen! Sei doch wieder gut – dann ist auch gleich das Wetter wieder besser, und es kommt die liebe Sonne. Die kommt nicht, wenn Du so böse bist. Darum: sei gut! sei gut! Ich bin auch ganz und gar Dein altes P. C. W. 4. Mai 1907.«*

Was von den Kneipereien an Geld übrigblieb, steckte Scheerbart in sein Lieblingsprojekt, die Konstruktion eines Perpetuum mobile, das natürlich nicht und nicht gehen wollte. Daß Scheerbart zeitlebens ein großes Kind geblieben ist, zeigt sich am deutlichsten an Karten, in denen er Freunde von »Perpeh«, wie er es nannte, hoffnungsvoll grüßen ließ. »Das Perpeh wird wohl sicher zu Weihnachten gehen – aber noch nicht mit großem Effekt. Die Sache ist durchaus Aufgabe für den Feinmechaniker, mit dem ich reparierte. Bald mehr!« (6. Oktober 1911 an Peter Scher.) Statt eines funktionierenden »Perpeh« gab es schließlich das tagebuchartige wahrhaft weise Büchlein *Das Per-*

* *Von Zimmer zu Zimmer.* 70 Schmoll- und Liebesbriefe des Dichters an seine Frau. Berlin-Wilmersdorf: Alfred Richard Meyer 1921.

petuum mobile. Die Geschichte einer Erfindung (Leipzig: Rowohlt 1910). »Lachen würde ich auch, wenn gar nichts aus der Geschichte würde. Dann wäre auch wieder mal bewiesen, daß das einzige Heil in der Phantasie zu suchen ist.« (S. 10) Die wahnwitzigsten Pläne führen bei Scheerbart, selbst wenn er sich 15 Millionen erhoffte, immer zur Selbstbescheidung, zur ohnmächtigen bis gelassenen Akzeptierung einer Wirklichkeit, von der nur die Imagination Erlösung bietet.

Auch sonst steckte Scheerbart immer voller Ideen, in denen sich Ernst mit Spaß wunderlich mischte. Zahlreich sind seine Vorschläge für Zeitungsneugründungen. Mit Mühsam zusammen wollte er einmal eine Zeitung gründen, die nur Lügen enthalten sollte, »Lügen mit Hintergrund«; der Plan eines antimilitaristischen Blattes zerschlug sich nur deshalb, weil der schon gewonnene Verleger bald darauf zwei Soldatenzeitungen erwarb. Auf eine Umfrage des *Blaubuchs* zur Lage der deutschen Schriftsteller antwortete Scheerbart, man solle einfach eine Tageszeitung zur Kritik der anderen Zeitungen gründen, *Tageszeitung* genannt. »Die Sache ist doch so einfach!«, eine stehende Redewendung bei ihm. Peter Scher schlug er am 22. Februar 1912 eine andere Ulkzeitung vor: »Hätten Sie nicht Lust, mit mir zusammen einen kleinen Aprilscherz zu arrangieren? Ich denke mir ein Blatt im üblichen Zeitungsformat. Titel: Die Millionäre Berlins. Erste deutsche Quartalszeitung für die höher Gebildeten. Quartalszeitung kann da ruhig stehen – wir könnten, wenn das erste Blatt gut geht, in jedem Quartal erscheinen. Wir leitartikeln so, als ob alle Millionäre Berlins hinter uns ständen, dichten diesen die freundlichsten Pläne an – große Verlagsunternehmen, Kolossal-Architektur, Luftflotten- und Sternwartenbau etc. – kurz: die Herren sind plötzlich nur noch für die allerhöchsten Kulturinteressen zu haben und geben für diese ungeheuerliche Summen.«

Die spärliche Memoirenliteratur über Scheerbart zeigt das Bild eines ganz unpreußischen Menschen, eines Spaßvogels, der sich vor Verzweiflung über eine bürokratische, militaristische, nationalistische, engstirnige Spießerwelt in den Humor und die Phantasmagorie flüchtet. Besonders lebendig hat ihn Franz Servaes in seinem Essay-Band *Praeludien* (Berlin 1899) beschrieben:

»An den literarischen Kneiptischen Berlins erschallt lautes Halloh, sobald, mit fidelen Wankelschritten, Scheerbart zur Tür hereinkommt. Alle kennen ihn – fast mit allen steht er auf Du – das Schmollistrinken ist bei ihm eine feste und schöne Gewohnheit – beinah Ehrensache – und alle freuen sich – denn jetzt wirds lustig – Bier und Weisheiten werden in Strömen fließen, und immer noch ein paar Schnäpse daneben. Freilich, man muß für ihn bezahlen – Scheerbart hat niemals Geld – nicht, daß er keins mitbrächte – er hat wirklich keins – ist Anti-Kapitalist – und wer mit ihm trinken will, seiner Sternen- und Galgenvogelweisheit auf den Grund blicken, der muß mäcenatenhaft den Säckel ziehen – Scheerbart nimmts nicht übel – er ist weitherzig in dem Punkt, wie irgendein antiker Cyniker oder mittelalterlicher Bettelmönch. Im übrigen weiß er, was seine Unterhaltung wert ist – daß die Menschen sich freier, stärker fühlen – und leichter vor allem – er braucht sie bloß erst mit Versen und Witzen und verblüffenden Paradoxien tüchtig aufgerüttelt zu haben – Bald sitzen sie da mit strahlenden Augen – bekommen so was Königliches – und gerne lassen sie ihre königliche Laune dann an dem aus, der sie ihnen eben erst geschenkt hat.« (S. 170–171)

O. J. Bierbaum, der Scheerbart in seinem Roman *Stilpe* als »Bärenführer« ein literarisches Denkmal gesetzt hat, hat schon frühzeitig den Autor in einem Aufsatz in der Wiener *Zeit* (Nr. 131 und 132, 1897) porträtiert:

»Hie und da hatte er wohl mal eine ergötzliche Stellung, etwa als Redakteur eines Adelsblattes oder als Berater eines redaktionell tätigen Annoncensammlers, inne, aber im ganzen lebte er wie die Helden von Murgers ›Scénes de la vie de Bohème‹, nur daß er das Manko an erotischen Beziehungen durch eine stärkere Betonung des alkoholischen Programmteiles wettmachte.

Es war das damals eine wunderliche Zeit in Berlin, wo man gegen die Nüchternheit des Naturalismus auch praktisch demonstrierte, indem man sich mit Hingabe bestrebte, auch persönlich und im eigentlichsten Sinne nur ganz selten nüchtern zu sein. Was für Abende, wenn Peter Hille mit dem Patriarchenbart seine sokratischen Ansprachen hielt und selbst unter den Tongewittern Przybyszewskischer Chopinparaphrasen Notizen auf seine Manschetten machte, falls sie nicht schon beschrieben waren; wenn Dehmel Li-tai-pos Trinklied jauchzte, Schlaf seinen Frühling psalmodierte und Scheerbart, ein Schellengehänge auf dem Kopf, sein ›Kronenlied‹ flüsterte:

Putz' mir meine Krone,
denn ich will spazierengehn!
Sei mein Leibhurone!
Aller Welt zum Hohne
Gehn wir auf den kleinen Zehn
Putz mir meine Krone!
Putz' sie mir recht blank!
Kriegst auch eine Feder
Und ein Ei zum Dank –

Und dann das ›tiefernste‹ Lied, natürlich auch von Scheerbart, mit dem schönen Schlusse:

Wir wollen noch einmal trinken
Und dann betrunken sein!«
(Nr. 131, S. 9–10)

Zuletzt soll Scheerbart, unfähig, die Miete für seine Berliner Zwei-Zimmer-Wohnung zu bezahlen, in einer Tonne gehaust haben; und am 15. Oktober 1915 ist er schließlich verhungert, aus Protest gegen den Ersten Weltkrieg, wie manche behaupten, was aber bloß eine nachträgliche Verklärung sein mag. Richard Dehmel erklärte in einem Brief an seine Frau ergreifend, er könne über den Tod Scheerbarts nicht trauern, denn sie hätten zusammen immer nur gelacht, und er lebe deshalb in ihm, bis er selber sterbe, und ähnlich todesüberwindend empfand auch Lothar Schreyer den Humor des kauzigen Originals Scheerbart; in »Die Wundermittel des Paul Scheerbart« (*Deutsches Volkstum*, Nr. 2/1926, S. 104–105) beschreibt er, wie er einmal mit Richard Dehmel Erinnerungen über Scheerbart austauschte:

»›Denken Sie an Onkel Scheerbart‹, sagte er. Und dann wiederholte er noch einmal: ›Ja, ja, der gute Onkel Scheerbart.‹ Und dann schwiegen wir alle. Und wir dachten alle daran, daß der Narr und Dichter Paul Scheerbart vor wenigen Jahren im Elend gestorben war. Wir wußten, daß er allezeit wie ein Narr gehalten war, eben wie ein armer Onkel, der nun einmal zur Familie gehört, dem man seine Schrullen verzeiht, und den man nicht ernst nimmt, wo es ihm wirklich ernst ist. Aber wir fingen auch gleich an, uns an viele Einzelheiten zu erinnern und aus seinen vielen Werken unvergeßliche Gedanken und Worte zu wiederholen. Da schüttete nun Richard Dehmel den Sack seiner Erinnerungen aus. Wie Onkel Scheerbart Kinderfreund und Kinderschreck war. Wie er Zechgelage abhielt, in denen er sich vorstellte, alle Kaiser, Päpste, Dirnen, Neger und Spielzeugfabrikanten zu Gast zu haben und sie miteinander zu versöhnen. Die Berliner Abende stiegen auf, an denen die alten Freunde tranken und schwiegen, aber Scheerbart trank und redete und, als die Sonne aufging, noch trank und redete, während die anderen Sterblichen unter den Bänken schliefen. Von den fünfzig Bänden der revolutionären Theaterbibliothek wurde berichtet, von der Neuordnung der Welt, und davon, daß es keine vernünftigen Verleger gibt, und daß der Mensch auch essen müsse. Lauter Karnevalsbilder reihten sich aneinander. Und ins Lustigsein verklärt war selbst Tod und Hunger des Dichteronkels.«

III

Zuweilen hat man Scheerbarts Bedeutung dadurch abzusichern versucht, daß man seine Prophetengabe betonte; er habe so manches vorausgesagt, was es damals noch nicht gab, etwa die Glasarchitektur, Kunststoffe, Nahrungsmitteltabletten, die Kosmonautik, die drahtlose Nachrichtenverbindung und besonders den Luftmilitarismus, mit dem sich neben zahlreichen Novellen und Aufsätzen in *Die Gegenwart* und dem *Blaubuch* auch in seiner »Flugschrift« *Die Entwicklung des Luftmilitarismus und die Auflösung der europäischen Land-Heere, Festungen und Seeflotten* (1909) polemisch auseinandersetzte. Aber so neu war diese Sache damals gar nicht mehr, auch wenn es sie in der Wirklichkeit noch nicht geben mochte und auch das Wort nicht; die populäre utopische Literatur der Zeit war schon voll davon. Emil Sandts *Cavete* war 1907 erschienen, H. G. Wells' *The War of the Air* 1908, der Trivialroman *Berlin-Bagdad* des preußischen Regierungsrates Martin, in dem ganze Flotten von Zeppelinen weltweit miteinander Krieg führen und Städte aus der Luft bombardieren, ebenfalls 1907, und Martin schrieb in derselben *Gegenwart*, in der Scheerbart den Luftmilitarismus verspottete, ganz ernsthaft über die militärischen Anwendungsmöglichkeiten der Luftfahrt. Am 7. April 1907 und 13. September 1908 veröffentlichte weiters der *Berliner Courier* schon Abhandlungen von J. E. Poritzky über »Luftschiffutopien« und »Luftschiffromane«. Aber schon 1883 hatte der französische Karikaturist Albert Robida in den prophetischen Zeichnungen seines *La guerre au vingtième siècle* alle Schrecken zukünftiger Kriege ausgemalt, darunter die submaritime und die Luft-Kriegführung. Noch früher hatte der volkstümliche ungarische Autor Maurus Jokai in seinem *Roman des künftigen Jahrhunderts* (1872) nicht nur den Luftkrieg vorweggenommen, sondern auch wie Scheerbart die heute naiv klingende Vermutung ausgesprochen, daß seine ungeheure Vernichtungskraft die Armeen zur Abrüstung zwingen würde. »Mit der Humanität schaffen wir den Krieg nicht aus der Welt – wohl aber durch konsequenten brutalen Fortschritt in seiner Entwicklung«, erklärte Scheerbart, wodurch sein Werk einen Swiftschen Zug erhält; und wirklich war Swift einer jener Autoren, zu denen sich Scheerbart besonders hingezogen fühlte. So wie Swift in *A Modest Proposal* ätzend die Lösung der irischen Frage dadurch vorgeschlagen hatte, daß die irischen Kinder für den englischen Mittagstisch gemästet werden sollten, verspottet Scheerbart den Luftmilitarismus, indem er immer größere Flugzeuge und furchtbarere Vernichtungswaffen fordert; direkt Swift abgeschaut hat er (in *Die große Revolution*, Leipzig: Insel Verlag 1902) den Vorschlag, das Fleisch der gefallenen Gegner zu Konserven zu verarbeiten, »das Fleisch der Auster steht an Nährwert und Wohlgeschmack dem des Menschen in jeder Hinsicht nach«. Von der schrecklichen Wirklichkeit aber, und wie man seinen Luftmilitarismus perverserweise beim übertreibenden Wort nehmen würde, davon ahnte Scheerbart nichts. Seine ›Prophezeiungen‹, ob so menschenfreundliche wie die Kartoffelschälmaschine oder so düstere wie der ›Luftmilitarismus‹, sind im tiefsten Grunde literarische Erfindungen, d. h. bloße Wortschöpfungen. Scheerbart ist kein Wells oder Verne, kein Konstrukteur der Zukunft; das Prinzip seiner »Erfindungen« kümmert ihn überhaupt nicht, er rationalisiert nichts, er erklärt nichts, demonstriert keine Wirkungsweise, er stellt Einfälle in den Raum, reiht sie aneinander, türmt sie auf, wie sie seiner Phantasie in verschwenderischer Fülle zuflogen. Sein Verknüpfungsprinzip ist nicht das von Grund und Folge, Ursache und Wirkung, er führt keine Gedanken bis zur letzten logischen Konsequenz durch; es ist vielmehr das freier Assoziationen, der spielerischen Verknüpfung heterogener und disparater Elemente; beliebig, willkürlich, ins Unendliche fortführbar, ein Kaleidoskop von Formen und Farben, meist ohne Bezug auf die Wirklichkeit, auch ohne symbolische Verweisungen (außer in ›tellurischen‹ Erzählungen wie *Die Seeschlange* [1901]), wenn man will, ›reine Literatur‹, wildwuchernde Phantastik. Stanisław Lem hat einmal den Gedanken geäußert, daß die Literatur dort ihre höchste Souveränität erreicht, wo das Beschriebene auf keine andere als die sprachliche Weise erreicht werden kann, wie in manchen pornographischen und phantastischen Visionen; und so gesehen, schrieb Scheerbart unverfälschteste Literatur, weil das meiste, was er beschrieb, in der Wirklichkeit unmöglich ist. Gewiß sind manche der Einfälle, die Scheerbart aus seinem Füllhorn schüttete, später »in Erfüllung gegangen«, aber auf ganz andere Weise, als er es sich vorgestellt hat, und was sich verwirklicht hat, ist ein Zufallstreffer. Im Prinzip jedoch gibt es keinen Unterschied zwischen diesen Einfällen und rein dichterischen wie dem Perpetuum mobile. Scheerbarts Kosmos gehorcht nicht den Gesetzen der Physik, sondern denen einer Pata-Physik; er wird regiert von Sympathien und Harmonien; er ist verstandesmäßig vielleicht nicht sonderlich anspruchsvoll, aber dafür um so vernünftiger. »Was ging mich Robert Mayer – und das Gesetz von der Erhaltung der Energie an?« erklärt er im *Perpetuum mobile* und bekennt in der *Seeschlange*: »Ich halte eigentlich wenig von den Naturwissenschaften, aber auch sie vermögen, wie alle Wissenschaften, das Reich der Möglichkeiten zu erweitern und können, wenn man sie richtig nimmt, unserer Phantasie neue Flügel geben.« Die Wissenschaft ist für ihn immer nur ein Sprungbrett, aber sie vermag nicht ins Wesentliche der Dinge vorzudringen, und genau das ist Scheerbarts romantische Absicht.

»Ich habe mich immer daran gestoßen, wenn der alte Kant das Universum als Raum bezeichnet. Einfach ›Raum‹! Natürlich – um dieses Ungeheuerliche, Unfaßliche zu degradieren! Das war nicht hübsch von dem großen Immanuel. Und er hat mir mit seinem ›Raum‹ niemals imponiert. Ich wunderte mich öfters, daß er für Universum nicht gleich ›gute Stube‹ sagte – und für die ebenso unfaßbare Zeit ›alte Kastenuhr‹. Dann hätte man doch noch deutlicher bemerkt, wie gerne er das Unfaßbare degradieren möchte.«

(*Die Gegenwart*, Nr. 19/1911, S. 359–360.)

Dieses ›Unfaßliche‹ möchte Scheerbart ausdrücken. Der Kosmos seiner Phantastik ist eine absolute Gegenwelt, eine im luftleeren Raum gebaute Antithese zum Jammertal der irdischen Welt; wie auf der Erde die Disharmonie, die Disproportion herrscht, die Roheit und der Unverstand (»die Erde lebt in einem furchtbaren inneren Zwiespalt«, heißt es in der *Seeschlange*), bietet der Scheerbartsche Kosmos das Bild stellarer Harmonie, bunter, heiterer Schönheit und fortwährender Wandlungen, die immer wieder Neues und Überraschendes hervorbringen.

Wenn für A. von Hallers die Himmelskörper für höheres Leben standen:

> »Die Sterne sind vielleicht ein Sitz verklärter Geister,
> Wie hier das Laster herrscht, ist dort die Tugend Meister«,

so gilt für Scheerbart dasselbe, mit der Einschränkung vielleicht, daß sich in den meisten seiner astralen Dichtungen das ethische Problem gar nicht stellt, außer in jenen, in denen die Sternenwelt mit der irdischen konfrontiert wird; und diesem Gefühl hat er schon 1893 in seiner programmatischen »Phantastensure« Ausdruck gegeben:

> Laß die Erde! Laß die Erde!
> Laß sie liegen, bis sie fault!
> Über schwarzen Wiesentriften
> Fliegen große Purpurengel,
> Ihre Scharlachlocken leuchten
>   In dem grünen Himmel
>   Meiner Welt.
>
> Laß die Erde! Laß die Erde!
> Laß sie schlafen, bis sie fault!
> Über weißen Bernsteinkuppeln
> Flattern blaue Turteltauben,
> Ihre Saphirflügel flimmern

In dem grünen Himmel
Meiner Welt.

Laßt die Erde! Laßt die Erde!
Laßt sie, laßt sie, bis sie fault!
Über goldnen Schaumgewässern
Spielen zahme Silberfische,
Ihre langen Flossen zittern
In dem grünen Himmel
Meiner Welt.
Haßt die Erde! Haßt die Erde!

Es ist ein Kosmos ohne Kräfte, aber voller Verwandlungen, Permutationen und Metamorphosen, in dem alle Probleme zur Ästhetik geraten, zu farbenfrohen Bildern, ein Reigen der Sterne und Tanz der Kometen, eine zeitentrückte, rein räumlich-sinnliche Abfolge eidetischer Impressionen. Eine Stelle aus dem *Kometentanz* (Leipzig: Insel Verlag 1902) gibt einen guten Eindruck von Scheerbarts Stil und Methode.

»Abermals kommen neue Wandelsterne aus der Fixsternwelt heraus – gasartige Lichtgestalten, die durcheinander gehen – wie Schatten. Immerzu flackern bunte Blitze auf. Es entwickelt sich eine berauschende zitternde Fülle ungeheurer Lichtspiele. Kometen, die Flammen-Schwertern gleichen, sausen durch das chaotische Weltenreich. Glühende Bandmeteore schlängeln sich wie Feueraale überall durch. Die runden und die reicher geformten Wandelsterne, die oft zur Seite schweben, aber nur selten ganz verschwinden, werden oft in allen möglichen Farben von durchziehenden Kometenschweifen beleuchtet...«

Wie Cyrano de Bergerac oder der Naturforscher Gustav Theodor Fechner beseelt Scheerbart den ganzen Weltraum; alles lebt, Planeten, Kometen und Sterne, der Unterschied zwischen Tod und Leben ist so aufgehoben wie der zwischen Natürlichkeit und Künstlichkeit. Für die alltägliche Vernunft ist der ganze Scheerbartsche Kosmos von höchster Künstlichkeit, wird jedoch so selbstverständlich dargestellt, und auch so bezwingend naiv, daß man ihn gegeben nimmt. Die Darbietung ist völlig formlos, jeder Ansatz von Pathos wird durch die häufig eingestreuten saloppen, ja banalsten Worte im Keime erstickt, denn Scheerbart hält sich an das, was er seinen hundertachtzigjährigen Baron Münchhausen in seinem »Berliner Roman« *Münchhausen und Clarissa* über die ferne Kunst der Bewohner Melbournes erklären läßt: »Mit formalistischen Sachen hält man sich darum in Melbourne nicht mehr viel auf; der Inhalt ist ja überall zu gewaltig«; auch bei Scheerbart sind die Inhalte immer »zu gewaltig«, einfach »kolossal« (eines seiner Lieblingswörter), und doch sind seine Schilderungen oft von einer märchenhaften Schlichtheit, deren Überzeugungskraft man sich nicht entziehen kann.

Wie die Künstler Melbournes hat Scheerbart kein Interesse an der mimetischen Abbildung der Wirklichkeit; er will »Neues« schaffen, und schaffen heißt für ihn »komponieren«, d. h. das Vertraute in Einzelheiten zerlegen und in ungewohnten, die Erfahrung übersteigenden Formen zusammensetzen. Dieses »Neue« läßt sich anscheinend um so leichter schaffen, je ferner und exotischer die Gegend ist; und so spielen Scheerbarts Werke, wenn sie nicht gleich den Kosmos zum Schauplatz haben, vorzugsweise in entlegenen Gegenden; in Australien, den Anden oder dem Orient, für den sich Scheerbart schon frühzeitig interessierte (*Tarub, Bagdads berühmte Köchin; Der Tod der Barmekiden; Machtspäße, arabische Novellen*). In der Tat haftet Scheerbarts ganzem Kosmos etwas Orientalisches an: der manieristische Verschnitt gewohnter Formen, die Vermengung aller möglichen Tiergestalten zu angenehmen bis grauenhaften Groteskformen, der Reichtum an Bildern, Träumen, Ekstasen, Visionen, die Schwelgerei in Farben, das Irreale, Wunschhafte, Irreguläre, Unlogische; Scheerbart sucht das Erstaunen, nicht die Erkenntnis. Nichts ist fest, alles befindet sich in Fluß, ist ein Übergang zu neuen, stets wieder nur vorläufigen Zuständen, ohne daß diese unablässigen Metamorphosen einer logischen Regel oder einem Gesetz unterliegen würden. Es gibt dieselbe

Fülle wie in *1001 Nacht*, dieselbe Maßlosigkeit, Betonung des Hyperbolischen, Grundlosigkeit des Daseins, dieselbe Willkür aller Abläufe, dieselbe Episodenhaftigkeit: die dünnen Fabeln in Scheerbarts Romanen dienen nur als Vorwand zur Präsentation seines Bilderbogens, und in ihnen finden sich zahlreiche kurze Erzählungen (die das Gelungenste sind, das der Autor geschaffen hat); und wie orientalische Erzählungen sind Scheerbarts Bildwelten, bei aller Betonung des Weltgeistes, seltsam äußerlich: es gibt nur ein Aufeinander und Nebeneinander von Veränderungen, die in beliebiger Reihenfolge dargeboten werden und ad infinitum fortgesetzt werden könnten, aber es gibt keine höhere Ordnung, sie sind keiner Ratio zugänglich, keinem Prinzip einer logischen Verknüpfung. Das zeigt ja schon Scheerbarts Definition des Neuen, das die Künstler der Weltausstellung in Australien anstreben: so gewaltig diese ästhetischen Ausblicke auch sein mögen, so verblüffend und überraschend die üppig überquellenden Schilderungen dem Betrachter zunächst auch anmuten, bald ermüdet das Auge, und es wird so etwas wie Gleichförmigkeit sichtbar; denn Neues wird nur insofern geboten, als die aus der Erfahrung bekannten Verknüpfungsprinzipien der Elemente, aus denen sich diese neuen Bilder zusammensetzen, verworfen werden; es gibt in der Erfahrung nichts, was ihnen korrespondieren würde, aber ebenso enthalten diese flüchtigen Bilder nichts radikal Neues, d. h. kein neues Prinzip, keine unbekannte abstrakte Qualität; denn die Einzelheiten sind sämtlich vertraut, sie sind lediglich neu arrangiert, in ungewohnten Kombinationen, und maßlos aufgebauscht und »kolossal« vergrößert, das allerdings erstaunlich radikal; es sind gewaltige Lügen, mühelos schwadronierende Plaudereien, und Scheerbarts Welt ist ein Kosmos wankender Bilder, ein Panoptikum, ein labyrinthisches Kaleidoskop, eine »Wunderweltlaterne«. Ein kindlicher Spieltrieb herrscht dort, zweckfreie Verwandlungen, ständige Umformungen bunter Dinge; alle naturwissenschaftlichen, politischen und sozialen Probleme werden letztlich zur augenspeisenden Ästhetik: zu

Leuchtendem, Wundervollem. Dies ist der Sinn seiner häufigen Glasästhetik:
»Die unverstandenen Mysterien, besonders die eleusinischen Mysterien im alten Hellas, wirkten vornehmlich durch ein großes Licht, das den ganzen Raum erfüllte. Und der Myste empfand die Wirkung dieses Lichts so ungeheuerlich überwältigend, daß er auf die Kniee sank, wenn er auch anfänglich dem Zauber der Mysterien skeptisch gegenübergestanden hatte. Dieses große Licht ist der Kern der Mysterien. Ihn wollen wir auch heute noch festhalten und in unsern Glaspalästen wieder zur Wirkung bringen. Das große Licht macht den Menschen gut. Durch das große Licht werden große Gedanken im Menschen lebendig.« (*Das große Licht*, 1912)
Sein Werk, auch wenn es gelegentlich gänzlich neue Sinne andeutet (aber sie natürlich nicht präsentieren kann), ist voll von solchen aufs Auge bezogenen sinnenfrohen neuen Künsten; von Glaspalästen, Riesenbühnen, Glas in jeder Form und allen Farben, von Scheinwerfern angestrahlt, von innen heraus beleuchtet; von leuchtenden Edelsteinen; von leuchtenden Pflanzen, vornehmlich Blumen, bunten Gartenarchitekturen; farbigem Rauch; von Paradiesvögeln, Schmetterlingen, Drachen, Kelchen, Geflitter; auch Labyrinthen und Spiegeln, die die Wunderwelten noch vervielfachen. Das Augenhafte beherrscht Scheerbarts Welt so sehr, daß seine überlegenen astralen Wesen sich nicht nur stets Riesenobservatorien und Teleskope bauen, sondern häufig auch mit besseren Augen ausgerüstet sind; sie können sich die Augen zu Teleskopen wachsen lassen, um die Wunder des Weltalls besser wahrzunehmen, die Kometentänze und Metamorphosen der Himmelskörper, oder sie umgekehrt zu Mikroskopen werden lassen. Aber hinter diesen astralen Idyllen mit ihrer Vorspiegelung kosmischer Harmonie, der Sehnsucht nach dem Weltgeist und dem Aufgehen und Fortleben im Höheren (wie im *Lesabéndio*, wo die Pallasbewohner nicht sterben, sondern mit dem Größeren verschmelzen) verbirgt sich eine zerrissene Seele. »Hellenisch habe ich nie emp-

funden – wohl aber orientalisch – der Orient war eben den Göttern und Ungeheuern näher als den ›Menschen‹« bekennt Scheerbart in einer autobiographischen Notiz (abgedruckt in *Der Einzige*, Nr. 27/28, 1919). Zwischen dem Göttlichen und dem Ungeheuerlichen schwankt sein Werk, immer wieder zeigen sich in den Scheerbartschen Paradiesen Ungeheuer und reißen Abgründe auf, die die bunte Kinderwelt-Fassade in Frage stellen. Und natürlich gibt es immer die Disharmonie der Erde, dieses verhauene Kunstwerk, wo Leben noch Leben frißt, und es Tod und Kot gibt. Die Pallasianer, die sich durch die Haut ernähren, können nicht genug spotten über die Irdischen, die sich die Mägen mit den Überresten toten Lebens vollstopfen müssen; und geboren werden sie beim ›Anti-Erotiker‹ Scheerbart auch nicht, sondern im Gestein in Nüssen gefunden und dann geknackt. Die Mondbewohner in *Die große Revolution* (1902) sind über die Vorgänge auf der Erde so entsetzt, daß sie ihre Beobachtung einstellen und sich lieber dem großen Kosmos draußen widmen. Scheerbarts kosmische Wunderwelten, seine Trichter-, Eierkuchen-, Schlangen- und Wurmsterne, seine ungezügelten Metamorphosen wie in der *Wilden Jagd*, sind eine Form der Erdenflucht, geboren aus einer Verzweiflung, die immer wieder durchbricht, wo Scheerbarts Spiel für Augenblicke seine Unverbindlichkeit verliert. Für ihn selbst gilt, was jenes rachsüchtige Obergenie Schultze VII in *Rakkòx der Billionär*, das schließlich seinen ehemaligen Herrn Rakkóx stürzt, der die Felsen der Westküste Südamerikas architektonisch umgestalten möchte, sagt: »Aus Wut bin ich sogar zum Humoristen geworden – nicht aus Liebenswürdigkeit.« Der Humor ist die Waffe der Schwachen, denen es an der Macht fehlt, die realen Verhältnisse umzugestalten; er ist ein Versuch, mit einer übermächtigen, erdrückenden Wirklichkeit zurechtzukommen und zugleich zumindest geistig über sie zu triumphieren. Aber zuweilen reicht auch der Galgenhumor nicht aus, mit dem Scheerbart etwa den Luftmilitarismus verhöhnt oder im *Rakkóx* die Flottenpolitik der europäischen Mächte, das Schreckgespenst der gelben Gefahr oder den Nationalismus, und der ganze Katzenjammer bricht durch:

Mal ist mir alles astral
Und mal so ganz egal.
Ich kenne den längsten Strahl
Und auch das Jammertal,
Wo ich beinah nicht hingehöre.
O du Zappelpappeljöhre!

Das sind jedoch nur Augenblicke; letztlich ist Scheerbart kein Pessimist, und er ist auch kein Revolutionär, sondern ein Dichter, der sein Heil in der Phantasie sucht, nicht in der Veränderung der Welt, und der darum auch das Nichtfunktionieren eines Perpetuum mobiles als Bestätigung der Souveränität und Autonomie der Dichtung begrüßt; das ist seine Weisheit. Nach Ausbrüchen tiefer Verzweiflung findet er sich immer mit der Welt ab, wie sie ist:

»Sei klein – dann ist die Welt so groß!
Sei schwach – dann ist die Welt so stark!
Sei dumm – dann ist die Welt so klug!
Sei stumm – dann ist die Welt so laut!
Sei arm – dann ist die Welt so reich!«

Die Zeitung *Revolution de Paris* des Revolutionärs Loustalot führte während der Französischen Revolution das Motto: »Die Großen erscheinen uns nur deswegen so groß, weil wir auf den Knien liegen; wir müssen uns deshalb erheben!« Für Scheerbart ist letztlich alles, wie es ist, und wie es ist, ist gut; und so schlecht es auch um die Erde bestellt ist: »Trotz aller Unappetitlichkeit hat dieser Stern doch so viel Drolliges, daß man ihm beinahe gut sein könnte« (*Die große Revolution*, S. 184). Wenn sich das hemmungslose Fabulieren erschöpft hat, der Versuch, durchs Ornament ins Innere der Dinge vorzudringen, vorbei

ist, bleibt nur mystisches Schweigen und kindliches Staunen, sprachlose Verehrung: »... es ist sehr unsinnig, über Dinge zu reden, die uns eben zu hoch sind – über das Wesen unendlicher Lebewesen können wir schlechterdings *garnichts* sagen; es schickt sich nicht. Warum aber wollen wir immerzu darüber etwas sagen? Wir wollen doch auch mal nur etwas schweigend bewundern – und anbeten...« (*Blaubuch* 1910, S. 647; in einer Besprechung eines Buches über Rilke.)
Scheerbart war unzweifelhaft ein Phantast; es gibt genug redliche und literarisch gebildete Leute, die mit der Phantastik nichts anzufangen wissen. »Nichts ist leer, doch muß man in jede Kunstart eingeweiht sein, sonst ist alles leer« (*Das Paradies, die Heimat der Kunst*, 1889, S. 123). Für Scheerbart gilt das stärker als für andere Phantasten; um ihm Verständnis abgewinnen zu können, braucht man ein ›Organ‹ für seine spezifische Art des Schreibens, oder sein Weltgeist erscheint als kosmische Leere; wer aber dieses Organ besitzt, wird in ihm einen hochinteressanten, wahrhaft originellen Autor finden.

insel taschenbücher

Alphabetisches Verzeichnis

Aladin und die Wunderlampe it 199
Ali Baba und die vierzig Räuber it 163
Allerleirauh it 115
Alte und neue Lieder it 59
Andersen: Märchen (3 Bände) it 133
Lou Andreas-Salomé: Lebensrückblick it 54
Apulejus: Der goldene Esel it 146
Arnim/Brentano: Des Knaben Wunderhorn it 85
Arnold: Das Steuermännlein it 105
Bakunins Beichte it 29
Balzac: Das Mädchen mit den Goldaugen it 60
Baudelaire: Blumen des Bösen it 120
Berg. Leben und Werk im Bild it 194
Bierce: Mein Lieblingsmord it 39
Blake: Lieder der Unschuld it 116
Die Blümchen des heiligen Franziskus von Assisi it 48
Boccaccio: Das Dekameron it 7/8
Brandys: Maria Walewska, Napoleons große Liebe it 24
Brentano: Gockel Hinkel Gackeleia it 47
Brontë: Die Sturmhöhe it 141
Büchner: Der Hessische Landbote it 51
Busch: Kritisch-Allzukritisches it 52
Campe: Bilder Abeze it 135
Carroll: Alice hinter den Spiegeln it 97
Carroll: Alice im Wunderland it 42
Carroll: Briefe an kleine Mädchen it 172
Cervantes: Don Quixote (3 Bände) it 109
Chamisso: Peter Schlemihls wundersame Geschichte it 27
Claudius: Wandsbecker Bote it 130
Dante: Die Göttliche Komödie (2 Bände) it 94
Daudet: Tartarin von Tarascon it 84
Defoe: Robinson Crusoe it 41
Denkspiele it 76
Die großen Detektive it 101
Diderot: Die Nonne it 31
Eichendorff: Aus dem Leben eines Taugenichts it 202
Eisherz und Edeljaspis it 123
Der Familienschatz it 34
Flaubert: Ein schlichtes Herz it 110
Fontane: Der Stechlin it 152
Fontane: Effi Briest it 138

le Fort. Leben und Werk im Bild it 195
Caspar David Friedrich: Auge und Landschaft it 62
Manuel Gassers Köchel-Verzeichnis it 96
Das Geburtstagsbuch it 155
Geschichten der Liebe aus 1001 Nächten it 38
Gespräche mit Marx und Engels (2 Bände) it 19/20
Goethe: Dichtung und Wahrheit (Kassette)
it 149/it 150/it 151
Goethe: Die Leiden des jungen Werther it 25
Goethe: Die Wahlverwandtschaften it 1
Goethe: Faust (1. Teil) it 50
Goethe: Faust (2. Teil) it 100
Goethe: Italienische Reise it 175
Goethe: Maximen und Reflexionen it 200
Goethe: Reineke Fuchs it 125
Goethe: Tagebuch der italienischen Reise 1786 it 176
Goethe: West-östlicher Divan it 75
Hebel: Kalendergeschichten it 17
Heine: Aus den Memoiren des Herren
von Schnabelewopski it 189
Heine: Buch der Lieder it 33
Heras: Am Anfang war das Huhn it 185
Hesse: Dank an Goethe it 129
Hesse: Geschichten aus dem Mittelalter it 161
Hesse: Kindheit des Zauberes it 67
Hesse. Leben und Werk im Bild it 36
Hesse: Pictors Verwandlungen it 122
Hillmann: ABC-Geschichten von Adam bis Zufall it 99
E. T. A. Hoffmann: Kater Murr it 168
Hölderlin-Chronik it 83
Homer: Ilias it 153
Ricarda Huch: Der Dreißigjährige Krieg (2 Bände) it 22/23
Jacobsen: Niels Lyhne it 44
Kant-Brevier it 61
Kaschnitz: Eisbären it 4
Kästner: Die Lerchenschule it 57
Kästner: Die Stundentrommel
vom heiligen Berg Athos it 56
Kästner: Griechische Inseln it 118
Kästner: Kreta it 117
Kästner: Ölberge, Weinberge it 55
Zum Kinderbuch it 92
Kinderheimat it 111
Kinder- und Hausmärchen gesammelt durch
die Brüder Grimm it 112/it 113/it 114

Potocki: Die Handschrift von Saragossa it 139
Rabelais: Gargantua und Pantagruel (2 Bände) it 77
Die Räuber vom Liang Schan Moor (2 Bände) it 191
Reden und Gleichnisse des Tschuang Tse it 205
Rilke: Ausgesetzt auf den Bergen des Herzens it 98
Rilke: Das Buch der Bilder it 26
Rilke: Duineser Elegien / Die Sonette an Orpheus it 80
Rilke: Geschichten vom lieben Gott it 43
Rilke: Neue Gedichte it 49
Rilke: Das Stunden-Buch it 2
Rilke: Wladimir, der Wolkenmaler it 68
Rilke. Leben und Werk im Bild it 35
Scheerbart: Rakkóx der Billionär it 196
Schlote: Das Elefantenbuch it 78
Schlote: Fenstergeschichten it 103
Schmögner: Das Drachenbuch it 10
Schmögner: Das unendliche Buch it 40
Schumacher: Ein Gang durch den
Grünen Heinrich it 184
Schwab: Sagen des klassischen Altertums
(3 Bände) it 127
Shakespeare: Sonette it 132
Shaw-Brevier it 159
Sindbad der Seefahrer it 90
Sonne, Mond und Sterne it 170
Sophokles: Antigone it 70
Sophokles: König Ödipus it 15
Stendhal: Rot und Schwarz it 213
Stendhal: Über die Liebe it 124
Stevenson: Die Schatzinsel it 65
Storm: Am Kamin it 143
Swift: Ein bescheidener Vorschlag ... it 131
Swift: Gullivers Reisen it 58
Toepffer: Komische Bilderromane (2 Bände) it 137
Tolstoj: Die großen Erzählungen it 18
Tolstoj: Kindheit, Knabenalter, Jünglingsjahre it 203
Tschechow: Die Dame mit dem Hündchen it 174
Turgenjew: Väter und Söhne it 64
Der Turm der fegenden Wolken it 162
Twain: Huckleberry Finns Abenteuer it 126
Twain: Tom Sawyers Abenteuer it 93
Voltaire: Candide it 11
Voltaire: Sämtliche Romane
und Erzählungen it 209/it 210
Voltaire: Zadig it 121